# Givre de Noël

UNE ROMANCE PARANORMALE

UNIVERSITÉ DU PÔLE NORD

TOME DEUX

MARIE-HELENE LEBEAULT

# Nouveau Semestre, Vieilles Attentes

## ❧

**F**IONA

Les clochettes du traîneau résonnaient encore à mes oreilles lorsque le transport enchanté s'est posé sur la plateforme d'atterrissage enneigée de l'Université du Pôle Nord. J'ai appuyé mes mains gantées contre la vitre givrée, regardant les autres étudiants débarquer avec l'assurance tranquille de ceux qui étaient à leur place. Mon souffle a embué la vitre tandis que j'expirais lentement, essayant de calmer les papillons arctiques qui effectuaient des acrobaties aériennes dans mon estomac.

*Tu es une Prancer,* me suis-je rappelé, en serrant le portefeuille en cuir qui contenait ma lettre d'admission. *Ta place est ici.*

Tout ce qui se dressait entre moi et la preuve que je méritais cette place : la journée d'orientation, une nouvelle colocataire... et survivre aux tristement célèbres Épreuves du Givre, qui avaient forgé des légendes parmi les étudiants.

Mais être à sa place et le prouver étaient deux choses entièrement différentes.

La porte du traîneau s'est ouverte dans un carillon cristallin, et l'air hivernal s'est engouffré, transportant des odeurs de pin, de menthe poivrée, et quelque chose d'indéfinissablement magique qui a aiguisé mes instincts de renne. J'ai rassemblé mon courage en même temps que mes bagages — une malle qui lévitait docilement derrière moi, enchantée avec la magie la plus raffinée que les contacts de papa avaient pu fournir.

— Première fois à l'UPN ? a demandé l'hôtesse du traîneau, une joyeuse elfe des neiges dont les cheveux argentés scintillaient de vrais flocons. Son sourire entendu suggérait qu'elle avait vu défiler bon nombre d'étudiants de première année anxieux. Elle a jeté un œil au manifeste des passagers qu'elle tenait à la main, puis de nouveau à moi avec une reconnaissance évidente.

— Ça se voit tant que ça ? ai-je réussi à articuler dans un rire qui sonnait plus assuré que je ne l'étais.

— Ma chérie, tu as l'air d'un chevreuil ébloui par des phares. Sans mauvais jeu de mots. Elle m'a fait un clin d'œil, ses yeux bleu glacier pétillant. — Tout ira bien pour toi.

J'ai forcé un sourire et hoché la tête, ajustant mon sac en bandoulière enchanté sur mon épaule en descendant sur la plateforme.

L'Université du Pôle Nord s'étendait devant moi tel un paysage hivernal féerique, œuvre de l'artiste le plus imaginatif qui soit. Des flèches cristallines s'élançaient vers le ciel peint d'aurores boréales, leurs surfaces réfléchissant des arcs-en-ciel qui dansaient sur la neige. Des bâtiments taillés dans ce qui semblait être de la nacre et de la glace brillaient dans la pénombre perpétuelle, reliés par des passerelles couvertes étincelant de poussière d'étoiles incrustée. Au loin, la célèbre Frost Tower dominait tout le reste, son sommet disparaissant dans un tourbillon de nuages enchantés.

Les étudiants se déplaçaient en groupe sur le campus, leurs rires créant des nuages de vapeur scintillante dans l'air vif. J'ai repéré assez facilement les métamorphes rennes — ils se mouvaient avec une grâce particulière, leurs yeux brillant d'une lumière intérieure. Mais il y en avait d'autres aussi : des elfes avec leurs élégantes oreilles pointues et leur beauté d'un autre monde, des farfadets dansant dans les airs sur des ailes diaphanes, et des êtres dont je ne pouvais pas identifier immédiatement l'espèce.

Mon regard s'est posé sur quelque chose qui m'a serré la poitrine d'une pression familière. Là, sculptée sur le flanc du Crystal Dining Hall dans une glace étincelante qui ne fondait jamais, se trouvait une fresque représentant la légendaire équipe de traîneau de l'année dernière. Neuf rennes en formation parfaite fendaient les airs à travers le tableau gelé, menés par un dont les bois semblaient capter et retenir la lumière des étoiles, même sous forme sculptée.

Connor Prancer. Mon cousin. Il venait de réussir son premier vol révolutionnaire la veille de Noël, huit mois plus tôt, prouvant enfin que le nom Prancer avait encore un sens. Maintenant, nous étions tous les deux à l'UPN — tous les deux en première année, malgré son statut de légende — tous les deux essayant d'être à la hauteur de ce que ce nom était censé représenter. Son vol record lui avait valu une renommée sur tout le campus, mais il faisait toujours face aux mêmes défis académiques que n'importe quel nouvel étudiant.

Même figé dans la glace, il semblait me regarder avec ces yeux confiants des Prancer, me demandant silencieusement : *Es-tu digne de ce nom ?*

— Fiona Prancer ?

J'ai brusquement détourné mon attention de la fresque pour découvrir une étudiante qui s'approchait avec un presse-papiers qui semblait écrire tout seul. C'était clairement une métamorphe panthère des neiges, ses cheveux tachetés d'argent captant la lumière et ses yeux pâles possédant cette concentration de prédateur propre aux grands félins.

— C'est moi. J'ai redressé les épaules, puisant dans chaque once de confiance héritée de générations de fierté Prancer.

— Je suis Sera, ta guide étudiante. Bienvenue à l'UPN. Elle a jeté un œil à son presse-papiers qui se mettait à jour tout seul, puis à la fresque derrière moi. — Ah, en train d'admirer l'œuvre de Connor ? C'est un sacré héritage à assumer. Tu comptes suivre ses traces ?

*Et voilà.* — J'espère tracer ma propre voie, en fait.

Les sourcils de Sera se sont légèrement haussés, mais son sourire est resté diplomate. — Bien sûr. Bon, allons d'abord t'installer au Shifter Lodge, ensuite je te montrerai où a lieu la journée d'orientation. Je te préviens, c'est le professeur Blitzen qui fait le discours de bienvenue cette année, et elle est... intense. C'était le mentor de Connor, d'ailleurs. Je suis sûre qu'elle suivra tes progrès avec intérêt.

*Parfait.* Encore plus de regards braqués sur moi, encore plus d'attentes à satisfaire ou à échouer spectaculairement à atteindre.

Alors que nous traversions le campus, Sera m'a indiqué les points de repère avec l'aisance de quelqu'un qui avait fait cette visite de nombreuses fois. La Bibliothèque Enchantée, où les livres s'envolaient parfois des étagères pour trouver leurs lecteurs attitrés. Le Crystal Dining Hall, où du chocolat chaud coulait de véritables fontaines en chocolat, et dont le plafond montrait une vue en direct des aurores boréales. L'atelier d'Ingénierie des Traîneaux, d'où l'on pouvait voir, à travers des fenêtres givrées, la lueur des forges magiques et entendre le son des marteaux.

— Et là-bas, a dit Sera en désignant un ensemble de bâtiments élégants qui semblaient entièrement faits de neige compressée et d'argent, c'est la Frost Tower. C'est là que vivent les étudiants en magie de la glace. Des elfes, pour la plupart, bien qu'on ait quelques géants du givre et une sorcière de l'hiver de temps en temps.

Les bâtiments étaient magnifiques d'une manière qui m'a serré la poitrine — pas seulement sur le plan architectural, mais magiquement. Même à cette distance, je pouvais sentir l'attraction d'un pouvoir ancien, ancestral et précis. Le pendentif en cristal que ma grand-mère m'avait donné — un héritage de la famille Prancer — est devenu chaud sur ma gorge.

— Ils interagissent beaucoup avec les métamorphes ? ai-je demandé, curieuse malgré moi.

— Pas vraiment. Ils ont tendance à rester entre eux. Très formels, très... guindés. Le ton de Sera suggérait qu'elle trouvait leur formalité amusante. — Mais on a parfois des cours en commun. Magie avancée de la météo, Théorie de l'équilibre saisonnier, ce genre de choses. Et bien sûr, tout le monde participe ensemble aux Épreuves du Givre.

Le Shifter Lodge s'est avéré être tout ce dont j'avais rêvé, et plus encore. Le bâtiment principal était construit en bois vivant, ses branches s'entrelaçant pour former les murs et créer de petites alcôves remplies de roses d'hiver toujours en fleur. À l'intérieur, la salle commune était chaleureuse et accueillante, avec une immense cheminée où crépitaient des flammes qui passaient du doré au vert, puis au bleu. Des meubles confortables étaient regroupés autour de tables basses, et de hautes fenêtres offraient une vue imprenable sur les aurores boréales.

— Ta chambre est au troisième étage, a dit Sera en me conduisant dans un escalier dont la rampe était sculptée pour ressembler à un ruisseau gelé. — Tu partages avec Brynn Foxworth — c'est une métamorphe renard roux d'Alaska. Super gentille, mais je te préviens, elle a déjà décoré la moitié de la chambre dans ce qu'elle appelle le style « chic arctique ».

Ma chambre était en effet à moitié décorée de plaids en fourrure blanche et d'ornements en cristal qui captaient et reflétaient la lumière en motifs hypnotisants. Un mot sur le lit, écrit d'une écriture en boucles, disait : *Bienvenue, coloc ! Je suis partie chercher le bon chocolat chaud. Il y a du thé à la menthe dans la bouilloire si tu as besoin de caféine.* — B

J'ai posé mes bagages et je me suis approchée de la fenêtre, qui offrait une vue parfaite sur la cour principale du campus. Les étudiants s'y rassemblaient maintenant, leurs vêtements d'hiver colorés tranchant sur la neige alors qu'ils se dirigeaient vers ce que je supposais être la journée d'orientation.

C'est là que je l'ai vu.

Il se déplaçait à travers la foule comme l'hiver lui-même — silencieux, gracieux, et d'une certaine manière, à part de tous ceux qui l'entouraient. Grand et élancé, avec une allure aristocratique qui suggérait des siècles de lignée noble, même s'il ne pouvait pas avoir beaucoup plus de vingt ans. Ses cheveux avaient la couleur du clair de lune sur la neige fraîche, et même à cette distance, je pouvais voir les oreilles pointues qui le désignaient comme un elfe.

Mais ce n'était pas sa beauté évidente qui m'a fait le fixer. C'était la façon dont les autres étudiants s'écartaient inconsciemment de son chemin, la façon dont les conversations semblaient s'apaiser légèrement à son passage. Il émanait de lui un pouvoir, du genre qui n'a pas besoin de s'annoncer parce que tout le monde peut le sentir.

Il s'est arrêté dans la cour et, un instant, sa tête s'est inclinée vers ma fenêtre. Même à trois étages de hauteur et à l'autre bout du campus, lorsque ses yeux ont croisé les miens, je l'ai ressenti comme un éclair de foudre glaciale qui m'a traversé la poitrine.

Des yeux d'un bleu pâle comme la glace, anciens et sages, ont soutenu mon regard pendant exactement trois battements de cœur. Le pendentif de ma grand-mère a éclaté d'une chaleur soudaine contre ma peau, et l'espace d'un instant, j'aurais juré voir des motifs de givre se répandre sur ma fenêtre — des motifs qui correspondaient au rythme de mon cœur soudainement emballé.

Puis il a détourné le regard et a continué à marcher, me laissant agrippée au rebord de la fenêtre, me demandant pourquoi j'avais soudain l'impression d'avoir oublié comment respirer correctement.

— Ça va ? a demandé Sera derrière moi. — On dirait que tu as vu un fantôme.

— Qui c'était ? ai-je réussi à dire, une main touchant inconsciemment le pendentif maintenant refroidi à mon cou.

Sera a suivi mon regard jusqu'à la cour, bien que le mystérieux elfe ait déjà disparu dans la foule. — Lequel ?

— L'elfe. Grand, cheveux blancs, il se déplace comme—

— Oh. Sa voix est devenue soigneusement neutre. — Ce doit être Elian Frost. Un étudiant transféré qui vient d'arriver ce semestre, je crois, mais personne ne sait vraiment d'où il vient. Très formel, très... réservé. Il garde ses distances.

— Frost ? Ce nom a provoqué un étrange frisson le long de ma colonne vertébrale qui n'avait rien à voir avec la température.

— Ouais, je sais, pas vrai ? Le nom parfait pour un elfe du givre. Certaines filles pensent qu'il pourrait venir d'une des anciennes familles royales — ses manières sont certainement assez formelles pour ça — mais il ne parle jamais de ses origines. Sera a haussé les épaules. — Honnêtement, la plupart des gens le trouvent un peu intimidant. Beau, mais froid. Tu vois le genre.

Non, en fait. Mais quelque chose dans la façon dont il m'avait regardée, la façon dont mon pendentif de famille avait réagi à sa présence, suggérait que j'étais peut-être sur le point d'apprendre.

— Allez, viens, a dit Sera en vérifiant sa montre. — L'orientation commence dans dix minutes, et crois-moi, tu ne veux pas être en retard pour le discours de bienvenue du professeur Blitzen. Une fois, elle a obligé un étudiant à faire des tours de tout le campus en courant pour être arrivé avec trente secondes de retard.

J'ai rassemblé mes affaires, mais en quittant la chambre, je n'ai pas pu résister à un dernier regard par la fenêtre. La cour était maintenant vide, à l'exception de quelques flocons de neige épars qui dansaient dans le vent comme de minuscules ballerines.

Mais je pouvais encore sentir ces yeux bleu glacier sur moi, comme du givre traçant la surface de quelque chose de longtemps gelé dans mon cœur — quelque chose qui venait tout juste de commencer à fondre.

# Une Présentation Glaciale

ELIAN

Les anciennes tapisseries qui ornaient les couloirs de la Tour de Givre murmuraient des secrets dans des langues plus anciennes que l'université elle-même, mais aucune ne détenait la réponse à la question qui me hantait depuis mon arrivée à l'Univesité du Pôle Nord trois semaines plus tôt : *Pourquoi ici ? Pourquoi maintenant ?*

Je parcourais les couloirs d'un pas mesuré qu'on m'avait inculqué depuis l'enfance, mes pas silencieux sur les sols taillés dans une seule plaque de glace enchantée qui ne fondait jamais. D'autres étudiants — pour la plupart des elfes comme moi, avec une poignée de géants du givre et de sorcières de l'hiver — hochaient la tête avec respect à mon passage. Ils gardaient une distance respectable, comme on le leur avait appris. Comme il se devait.

Comme il était plus sûr.

Mes appartements occupaient le dernier étage de la tour, un privilège accordé aux étudiants... de certaines lignées. Les pièces étaient exactement ce à quoi on pouvait s'attendre pour quelqu'un de mon rang : élégantes, austères et totalement impersonnelles. Des meubles fabriqués à partir du souffle cristallisé de l'hiver lui-même, des murs qui laissaient entrevoir des aurores boréales sur commande, des fenêtres qui pouvaient afficher n'importe quelle vue du pôle Nord que je désirais.

Je préférais les garder transparentes. La réalité était déjà assez compliquée sans y ajouter des illusions.

La lettre qui m'avait fait venir ici reposait sur mon bureau. Son sceau bleu roi était brisé, mais la magie qu'elle contenait pulsait encore faiblement. Je n'avais pas besoin de la relire — chaque mot était gravé dans ma mémoire — mais je me suis surpris à la prendre quand même.

« *Prince Elian,*

*Votre présence est requise à l'Univesité du Pôle Nord pour des raisons qui vous seront révélées en temps voulu. Ne remettez pas cette directive en question. Ne contactez pas la cour. Terminez vos études et attendez de nouvelles instructions.*

*Votre dévoué serviteur, le chancelier Arcturus*

*P.S. La... stabilité continue de la Cour de Givre pourrait dépendre de votre coopération.* »

La menace était subtile, mais sans équivoque. Mon père avait beau être le Roi de Givre, certaines puissances au sein de la cour étaient devenues agitées ces dernières années. Des puissances qui voyaient ma tendance à l'indépendance comme un handicap plutôt qu'une force.

Me voici donc, exilé en tout sauf le nom dans une université remplie de jeunes surnaturels pleins d'espoir qui rêvaient de carrières dans la magie des fêtes, la gestion de la météo saisonnière et la logistique de distribution des cadeaux. Jouant à l'étudiant normal tout en essayant de déterminer à quel jeu la cour jouait réellement.

Un léger carillon signala la présence de quelqu'un à ma porte. J'ai fait un geste de la main et la glace s'écarta comme des rideaux pour révéler la professeure Glacier, l'ancienne géante du givre qui servait de conseillère à la Tour de Givre.

— Votre Altesse, dit-elle en inclinant sa tête massive juste assez pour montrer son respect sans pour autant s'incliner. Techniquement, mon rang était supérieur au sien, mais la professeure Glacier était plus vieille que la plupart des montagnes et avait gagné le droit à certaines informalités.

— Professeure, répondis-je en lui faisant signe d'entrer. À quoi dois-je ce plaisir ?

Son sourire révéla des dents semblables à des dagues cristallines. — La réunion d'orientation commence dans vingt minutes. J'ai pensé que vous pourriez apprécier un rappel que la ponctualité est considérée comme une vertu ici, même parmi ceux qui ont l'habitude de voir le temps se plier à leur volonté.

Une douce réprimande, élégamment formulée. J'avais, peut-être, été un peu désinvolte avec les horaires de l'université depuis mon arrivée. Le temps s'écoulait différemment à la Cour de Givre — les saisons changeaient au gré de nos caprices, les moments pouvaient être étirés ou compressés selon les besoins. Le respect rigide des concepts mortels d'emploi du temps me semblait... limitant.

— Bien sûr, dis-je en me levant de ma chaise. Je ne voudrais pas décevoir la professeure Blitzen.

— Non, convint la professeure Glacier d'un ton aussi sec que le vent arctique. Certainement pas. Elle porte un intérêt particulier aux étudiants prometteurs issus de familles notables. Ses yeux pâles se fixèrent sur moi avec une intensité pleine de sous-entendus. J'ose espérer que vous vous souvenez de notre conversation sur la nécessité de maintenir une... discrétion appropriée concernant vos origines ?

Comment aurais-je pu l'oublier ? La professeure avait été très claire sur le fait que ma présence à l'UPN devait être banale. Un étudiant transféré d'une obscure académie d'elfes de givre, rien de plus. Aucune mention des cours, des couronnes ou des machinations politiques qui m'avaient fait atterrir ici.

— Je m'en souviens, l'assurai-je.

— Excellent. Oh, et Elian ? Elle s'arrêta à la porte. Essayez d'interagir de temps en temps avec vos camarades. L'isolement engendre la suspicion, et la suspicion engendre des questions auxquelles nous préférerions ne pas avoir à répondre.

Après son départ, je me suis approché de ma fenêtre pour regarder la cour du campus. Les étudiants commençaient à se rassembler, leur bavardage excité s'élevant comme de la vapeur dans l'air froid. Des métamorphes rennes bondissaient dans la neige avec une grâce naturelle, leurs yeux brillants d'anticipation. Des farfadets filaient entre les groupes, leurs ailes de gaze laissant des traînées de cristaux de glace scintillants. Même à cette distance, je pouvais sentir leurs espoirs et leurs rêves presser contre ma conscience comme des flammes avides.

Cela faisait si longtemps que je n'avais pas côtoyé quelqu'un qui semblait... jeune. Plein d'espoir. Sans arrière-pensées.

À la Cour de Givre, chaque émotion était calculée, chaque expression pesée pour un avantage politique. Ici, ces étudiants affichaient leurs sentiments aussi ouvertement que leurs manteaux d'hiver, et quelque chose au fond de ma poitrine se serra à cette vue.

Un mouvement à l'une des fenêtres du Pavillon des Métamorphes attira mon attention. Une jeune fille aux cheveux auburn qui captaient la lumière comme du cuivre bruni se tenait à la vitre, et même à cette distance, je pouvais sentir l'énergie agitée qui émanait d'elle. Une métamorphe renne, de toute évidence, bien qu'il y eût quelque chose de différent dans sa signature magique. Quelque chose qui fit frémir mon propre pouvoir en réponse.

Nos regards se sont croisés à travers la cour, et le monde a basculé.

Je l'ai senti comme un coup physique — pas douloureux, mais choquant par son intensité. Sa magie appela la mienne avec une résonance que je n'avais jamais connue, comme deux notes frappées en parfaite harmonie. L'espace d'un instant, les murs prudents que j'avais érigés autour de mon pouvoir ont vacillé, et du givre s'est étendu sur les pavés de la cour en motifs qui correspondaient à l'emballement soudain de mon pouls.

La dernière fois que ma magie avait réagi de la sorte, c'était lors de ma cérémonie de couronnement, lorsque l'ancienne couronne de l'hiver avait reconnu mon droit au trône. Mais c'était différent — pas la froide reconnaissance d'un droit de naissance, mais quelque chose de chaud, de vivant et de totalement inattendu.

Elle était belle, mais ce n'était pas ça qui m'empêchait de respirer. La beauté était assez commune parmi les espèces magiques. Non, c'était la façon dont elle me regardait — directe, sans peur, curieuse plutôt que calculatrice. Comme si elle ne voyait pas un prince à manipuler avec précaution, mais simplement... moi.

Je me suis forcé à détourner le regard et à continuer de marcher, mais je sentais toujours son regard sur moi comme la caresse du soleil sur la glace. Ma magie continuait de répondre à sa présence même si je m'éloignais, s'étirant vers elle à travers la distance comme une plante cherchant la lumière.

*Dangereux*, pensai-je. *Elle est dangereuse.*

Pas pour ma personne — je pouvais me défendre contre n'importe quelle menace physique. Mais pour le contrôle minutieux que j'avais passé des années à perfectionner, pour la distance émotionnelle qui me protégeait des intrigues de la cour et des manipulations politiques. Elle menaçait tout cela simplement en existant, simplement en me regardant comme si j'avais de l'importance au-delà de mon titre et de ma lignée.

Je devais rester loin d'elle.

L'Auditorium de Cristal se remplissait déjà quand je suis arrivé, les étudiants prenant place en groupes qui reflétaient les hiérarchies sociales de l'université. J'ai choisi un siège près du mur latéral, assez proche pour montrer mon respect pour la cérémonie mais assez loin des groupes principaux pour éviter toute interaction sociale non désirée.

La professeure Blitzen est montée sur scène avec le genre d'entrée qui rappelait à tout le monde pourquoi elle était considérée comme l'une des éducatrices les plus formidables du monde surnaturel. Des éclairs — de véritables éclairs — crépitaient entre ses doigts alors qu'elle se déplaçait, et ses cheveux argentés semblaient bouger dans un vent qui ne touchait rien d'autre.

— Bienvenue, dit-elle, sa voix portant sans effort dans l'auditorium sans amplification magique, à l'Univesité du Pôle Nord, la première institution d'enseignement surnaturel et le terrain d'entraînement des futurs leaders de la magie des fêtes.

Ses yeux pâles ont balayé la foule, s'attardant juste un instant sur des visages qui signifiaient clairement quelque chose pour elle. Quand son regard a croisé le mien, j'ai senti le poids de son évaluation. Elle savait qui j'étais — bien sûr qu'elle le savait. La question était de savoir ce qu'elle avait l'intention de faire de cette information.

— Vous êtes ici, poursuivit-elle, parce que vous avez fait preuve d'une capacité exceptionnelle, d'un dévouement sans faille ou d'un potentiel remarquable. Certains d'entre vous viennent de familles ayant de longues traditions de service aux cours saisonnières. D'autres sont les premiers de leur lignée à poursuivre des études magiques.

Son attention se déplaça vers la section des métamorphes, et je me suis surpris à suivre son regard jusqu'à ce que je repère la fille aux cheveux cuivrés de la fenêtre. Elle était assise avec une posture parfaite, les mains jointes sur ses genoux, mais je pouvais voir la tension dans ses épaules. Le poids des attentes pesait sur elle comme un manteau visible.

— L'excellence, dit la professeure Blitzen, sa voix aussi tranchante que le vent d'hiver, ne s'hérite pas. Elle se mérite. Chaque jour, à travers chaque choix, dans chaque défi que vous affrontez. Le nom que vous portez dans ces murs ne signifie rien si vous ne pouvez pas prouver que vous en êtes digne.

Les mains de la jeune fille se crispèrent presque imperceptiblement. *Ah.* Elle portait donc un nom qui avait une signification ici. Intéressant.

— La promotion de première année de cette année affrontera les Épreuves du Givre dans trois mois, continua la professeure, et j'ai senti l'énergie dans la salle se transformer en une attention aiguë. Ces épreuves testent les étudiants depuis plus de deux siècles, mesurant non seulement la capacité magique, mais aussi le caractère, la résilience et la capacité à travailler en équipe.

Elle a fait un geste, et l'air au-dessus de la scène a scintillé pour former une image d'étudiants travaillant ensemble pour naviguer dans ce qui ressemblait à un blizzard magique. La glace et la neige tourbillonnaient autour d'eux alors qu'ils se soutenaient mutuellement, leur magie combinée créant des chemins à travers la tempête.

— Des partenaires vous seront assignés, dit-elle, et plusieurs étudiants échangèrent des regards nerveux. Ces partenariats ne sont pas des suggestions, ce sont des exigences. Votre succès dépendra entièrement de votre capacité à faire confiance, à communiquer et à synchroniser vos capacités magiques avec quelqu'un qui peut être complètement différent de vous.

L'image changea pour montrer un métamorphe renne et un elfe de givre travaillant ensemble, leurs différentes signatures magiques se fondant en quelque chose de plus fort que ce que l'un ou l'autre pourrait accomplir seul. Mon pouvoir s'agita de nouveau, répondant à des possibilités que je ne voulais pas envisager.

— Les attributions de partenaires seront affichées demain matin, annonça la professeure Blitzen. Je vous suggère de passer cette soirée à faire connaissance avec vos camarades. Les épreuves commencent en octobre, et l'échec signifie l'expulsion du programme.

Le poids de cette déclaration s'abattit sur la salle comme une épaisse couverture. L'expulsion n'était pas seulement un échec scolaire — cela signifiait le déshonneur, la fin des perspectives de carrière magique, le retour auprès de familles qui avaient tout investi dans la réussite de leurs enfants.

Pour quelqu'un comme moi, cela signifierait un retour à la cour et au destin que le chancelier Arcturus avait prévu.

Le reste de la réunion d'orientation s'est déroulé dans un flot de détails administratifs et de présentations du corps professoral. J'ai maintenu une attention appropriée tandis que mon esprit passait en revue les possibilités et les implications. Les Épreuves du Givre exigeraient un partenaire, quelqu'un à qui je devrais confier non seulement ma réussite scolaire, mais potentiellement ma liberté.

Quelqu'un qui pourrait découvrir exactement qui et ce que j'étais vraiment.

Alors que les étudiants commençaient à sortir de l'auditorium, j'ai aperçu une autre chevelure cuivrée dans la foule. La jeune fille était maintenant entourée d'autres métamorphes, leur conversation animée et chaleureuse d'une manière qui a ravivé quelque chose de solitaire dans ma poitrine.

J'avais passé toute ma vie entouré de gens qui savaient que chacun de mes mouvements avait des implications politiques. Voici quelqu'un qui pourrait me regarder et ne voir qu'Elian, pas le prince Elian, pas une pièce d'échecs dans les jeux de la cour, pas un symbole de pouvoir ou d'alliance.

*Dangereux*, me suis-je rappelé à nouveau. Mais alors que je la regardais rire à quelque chose qu'un de ses nouveaux amis disait, je n'arrivais pas tout à fait à m'en soucier.

Demain, les attributions de partenaires seraient affichées. Ce soir, je retournerais dans mes appartements cristallins et je me préparerais à tous les scénarios possibles.

Je me suis dit que cela n'avait pas d'importance. Que je pourrais gérer n'importe quel destin qui me serait assigné. Mais je connaissais déjà la vérité — il n'y avait qu'un seul nom que je redoutais et espérais voir à la fois.

# Chemins Qui S'entrechoquent

FIONA

L'air matinal mordait, vif et pur, alors que je me hâtais de traverser le campus en direction de la Place Centrale, où les attributions de partenaires devaient être affichées. Mes bottes crissaient sur la neige fraîche qui scintillait comme des diamants pilés à la lumière naissante, chaque pas soulevant de petits nuages de poudreuse dans l'air.

J'avais à peine dormi, mon esprit tournant à plein régime en envisageant tous les scénarios possibles. Et si j'étais associée à quelqu'un qui ne pouvait pas suivre le rythme ? Et si cette personne s'attendait à ce que je porte l'équipe sur mes seules épaules grâce à la renommée des Prancer ? Et si c'était l'un de ces étudiants qui chuchotaient sur Connor dans mon dos, comparant chacun de mes gestes à ses performances légendaires ?

*Et si tu te retrouves avec lui ?*

La pensée m'a frappée comme une boule de neige en plein visage, m'arrêtant net. Le mystérieux Elian Frost, avec ses yeux pâles comme la glace, et la façon dont mon pendentif avait réagi à sa présence. J'ai secoué fermement la tête. Les chances étaient infimes. Il devait y avoir au moins soixante étudiants en première année, et de nombreux autres utilisateurs de la magie de la glace qui feraient des partenaires plus logiques pour un elfe du givre.

— Fiona ! Attends-moi !

Je me suis retournée pour voir Brynn qui courait vers moi, ses cheveux roux flottant derrière elle comme une bannière. Ma colocataire avait une énergie débordante même à sept heures du matin, ce qui aurait dû être illégal. Son héritage de métamorphe-renard transparaissait dans la grâce avec laquelle elle se déplaçait sur le sol inégal, sans jamais perdre l'équilibre malgré les conditions glissantes.

— Dis-moi que tu ne t'es pas vraiment levée à cinq heures pour t'entraîner encore à changer de forme, a-t-elle haleté en me rejoignant.

— Six heures, l'ai-je corrigée en me calant sur son pas. Et ça s'appelle de la préparation, pas de l'obsession.

— Ma chérie, quand tu répètes la même manœuvre aérienne dix-sept fois avant le petit-déjeuner, c'est de l'obsession. Elle m'a donné un petit coup d'épaule affectueux, son souffle créant de petits nuages dans l'air glacial. Tu sais que tu es déjà l'une des métamorphes les plus fortes de notre année, n'est-ce pas ? Le professeur Hoof rayonnait littéralement en te regardant hier.

L'approbation du professeur Hoof signifiait beaucoup — elle était notoirement difficile à impressionner, ayant entraîné trois métamorphes-rennes de niveau olympique au cours de sa carrière. Mais ses louanges ne faisaient pas taire la voix dans ma tête qui murmurait *pas assez bien, pas comme Connor*.

Alors que nous approchions de la Place Centrale, j'ai pu voir que nous n'étions pas les seules à être arrivées tôt. De petits groupes d'étudiants s'étaient déjà rassemblés autour de l'immense tableau d'affichage en cristal, leurs voix portant à travers la cour étouffée par la neige en chuchotements excités et en rires nerveux.

— Il y a Marcus, a indiqué Brynn en montrant du doigt une grande silhouette aux cheveux blonds pâles qui faisait les cent pas près de la fontaine. Il a l'air au moins aussi nerveux que toi.

Marcus Winterberry était un métamorphe-chouette des neiges d'Alaska qui semblait aussi concentré sur ses études que sur le sport. Nous nous étions brièvement rencontrés pendant les activités d'orientation, et j'avais remarqué qu'il semblait aussi nerveux que moi face aux défis académiques à venir.

— Et voilà les ennuis, ai-je marmonné en repérant un groupe familier près du tableau.

Lysander Winters se tenait avec trois autres étudiants en magie de la glace, leurs têtes pâles penchées les unes vers les autres dans ce qui ressemblait à une conversation sérieuse. Même à cette distance, je pouvais voir la façon dont les autres étudiants se tenaient à bonne distance d'eux — pas par peur, exactement, mais en reconnaissance du fait qu'ils évoluaient à un autre niveau que le reste d'entre nous.

— La royauté de la magie de glace, a dit Brynn en suivant mon regard. J'ai entendu dire que la famille de Lysander a des relations avec plusieurs cours saisonnières — Givre, Été, Printemps et Automne. Ce genre d'influence politique à travers le système des cours ouvre des portes qui nous resteront à jamais fermées.

— Tant mieux pour lui, ai-je répondu, sans pouvoir dissimuler complètement l'amertume dans ma voix. Les relations avec les cours signifiaient des avantages que je n'aurais jamais, peu importe mes efforts.

— Hé. Brynn s'est arrêtée et m'a attrapé le bras, me forçant à lui faire face. Tu pars en vrille. Je le vois dans tes yeux.

— Je ne pars pas en vrille. Je suis réaliste quant à...

— Tu as peur. Son ouïe aiguisée de renarde avait capté le tremblement dans ma voix que j'avais essayé de cacher. Fiona, tu es ici parce que tu l'as mérité. Quel que soit ton partenaire, il aura de la chance de travailler avec toi.

Avant que je puisse répliquer, une agitation près du tableau d'affichage a attiré notre attention. Les étudiants se pressaient vers l'avant, les voix s'élevant d'excitation alors que la surface de cristal commençait à miroiter et à luire.

— Ça commence, a crié quelqu'un.

— Tout le monde, reculez ! Laissez-lui de la place pour s'afficher correctement !

— Je ne vois rien d'ici !

La foule s'est avancée malgré les appels à l'ordre, et j'ai senti mon cœur commencer à s'emballer. Ça y était. Dans les prochaines minutes, je saurais qui partagerait mon sort pour le reste du semestre.

Le professeur Blitzen s'est matérialisée au bord de la place dans un claquement sec d'air déplacé, ses cheveux argentés crépitant d'énergie électrique. Des éclairs dansaient entre ses doigts alors qu'elle scrutait la foule avec l'expression de quelqu'un qui avait eu affaire à des étudiants anxieux pendant bien trop d'années.

— Formez des lignes ordonnées, a-t-elle commandé, sa voix portant facilement à travers la place bien qu'elle ne soit pas amplifiée par la magie. Tout le monde aura l'occasion de voir son attribution. Pousser et bousculer entraînera une retenue, qui, je vous le garantis, est moins agréable que l'anxiété que vous cause actuellement votre partenariat.

La foule s'est réorganisée à contrecœur en groupes plus gérables, bien que le bavardage excité ait continué sans relâche. Je me suis retrouvée emportée dans le mouvement général vers le tableau, la main de Brynn chaude et rassurante sur mon coude.

— Respire, a-t-elle murmuré. Quoi qu'il arrive, on trouvera une solution.

Le tableau de cristal était une œuvre d'art en soi — une immense plaque de ce qui ressemblait à de la poussière d'étoiles compressée qui répondait aux commandes magiques. Sous nos yeux, une écriture élégante a commencé à apparaître sur sa surface, des noms se formant en paires dans des colonnes nettes qui détermineraient les prochains mois de nos vies académiques.

**PARTENARIATS POUR LES ÉPREUVES DU GIVRE - PREMIÈRE ANNÉE**

Le titre est apparu en premier, suivi d'un sous-titre qui m'a noué l'estomac : *Les attributions sont définitives et non négociables. Les procédures d'appel sont limitées aux cas d'incompatibilité magique documentée.*

*Non négociables.* Donc, quel que soit le sort qui m'attendait sur ce tableau, je devrais faire avec.

Les noms ont commencé à apparaître par ordre alphabétique, et je me suis surprise à retenir mon souffle à chaque révélation de partenariat. Certaines paires semblaient logiques — des types de magie qui fonctionnaient traditionnellement bien ensemble, des étudiants dont les capacités se compléteraient naturellement. D'autres semblaient conçues pour défier les idées préconçues, associant la magie de la terre à la magie de l'air, ou des métamorphes à des utilisateurs d'éléments.

— Brynn Foxworth et Marcus Winterberry, a lu Brynn à voix haute alors que son nom apparaissait à peu près à la moitié du tableau. Oh, excellent ! C'est ce sympathique métamorphe-chouette des neiges de Théorie du Vol Avancé.

J'ai à peine entendu sa réponse. Mes yeux balayaient frénétiquement le tableau à la recherche de mon propre nom, mon cœur martelant contre mes côtes. S'il vous plaît, que ce soit quelqu'un de raisonnable. Quelqu'un de compétent. Quelqu'un qui ne me regarderait pas en ne voyant que l'ombre de mon célèbre cousin.

Et puis je l'ai trouvé, environ aux trois quarts du tableau :

**Fiona Prancer & Elian Frost**

Le monde a basculé.

— Oh, a soufflé Brynn à côté de moi. Oh, mon Dieu.

J'ai fixé les noms, voulant qu'ils se réorganisent en quelque chose de sensé. Mais ils étaient là, liés par l'écriture précise du professeur Blitzen : mon nom et le sien, unis pour les trois prochains mois d'épreuves qui allaient soit lancer nos carrières magiques, soit les détruire entièrement.

Les conversations autour de nous ont semblé se fondre en un bruit de fond alors que les implications me frappaient. Elian Frost — le mystérieux étudiant transféré avec ses yeux pâles comme la glace et son allure aristocratique. Celui qui avait fait réagir mon pendentif comme s'il reconnaissait quelque chose d'ancien et de puissant. Celui qui se déplaçait à travers les foules comme l'hiver lui-même, silencieux, distant et d'une manière ou d'une autre fondamentalement *autre*.

— Ça doit être une erreur, ai-je dit faiblement, même si au moment où les mots sortaient de ma bouche, je savais que non. Chaque partenariat était soigneusement calculé en fonction de la compatibilité magique, des évaluations de personnalité et du potentiel académique.

— Ma chérie, le professeur Blitzen ne fait pas d'erreurs. Elle prend des décisions stratégiques. La voix de Brynn portait une note de sympathie qui rendait ma situation encore plus intimidante. Peut-être que ce ne sera pas si terrible ? Je veux dire, il est magnifique, et...

— Et complètement inadapté pour ça. J'ai retrouvé ma voix, plus forte que je ne l'avais prévu. Plusieurs étudiants se sont tournés pour nous regarder, leurs expressions allant de la curiosité à la pitié. La magie de la glace et la métamorphose en renne ? Nous sommes fondamentalement incompatibles. Nos signatures magiques vont constamment s'affronter.

Mais même en le disant, je me suis souvenue de la façon dont mon pendentif s'était réchauffé en sa présence, des motifs de givre qui étaient apparus sur ma fenêtre. Peut-être qu'incompatible n'était pas exactement le mot juste. Peut-être que le problème n'était pas que notre magie allait s'affronter — peut-être était-ce qu'elle fonctionnerait trop bien ensemble, d'une manière que je ne comprenais pas.

Et cela me terrifiait plus que l'échec n'aurait jamais pu le faire.

Parce que et si travailler avec Elian ne mettait pas seulement au défi mes capacités magiques ? Et si ça les changeait entièrement ? Et si ça me changeait *moi*, entièrement ? J'avais passé toute ma vie à essayer de rentrer dans le moule des Prancer, à essayer de devenir la métamorphe-renne que ma famille attendait. Et si ce partenariat exigeait que je devienne quelqu'un de complètement différent — quelqu'un que je ne reconnaîtrais même pas ?

Cette pensée m'a serré la poitrine d'une peur qui n'avait rien à voir avec les résultats scolaires et tout à voir avec le fait de me perdre en devenant ce que cette magie voulait que je sois.

— Eh bien, vois le bon côté des choses, a dit Brynn, vérifiant de nouveau sa propre attribution avec un soulagement évident. Au moins, tu ne t'ennuieras pas.

*M'ennuyer.* Ce n'était certainement pas un problème que j'allais avoir.

Autour de nous, d'autres étudiants avaient des prises de conscience similaires concernant leurs partenariats. J'ai surpris des bribes de conversation — excitation, déception, confusion, et parfois même une consternation pure et simple. Près du devant de la foule, j'ai entendu quelqu'un se disputer avec le professeur Blitzen à propos de son attribution, sa voix s'élevant dans ce qui ressemblait à de la panique.

— Professeur, il doit y avoir une sorte d'erreur. J'ai spécifiquement demandé...

— Monsieur Ashworth, a interrompu froidement le professeur Blitzen, vos demandes ont été notées puis ignorées. Les attributions de partenariat sont basées sur le potentiel de développement magique optimal, et non sur les préférences personnelles.

— Mais les indices de compatibilité...

— Sont calculés à l'aide de facteurs bien plus complexes que ce que votre compréhension de la théorie magique de première année peut englober. Son ton suggérait que la conversation était terminée. Je vous suggère de concentrer votre énergie à faire réussir ce partenariat plutôt qu'à contester la décision.

*Potentiel de développement magique optimal.* La phrase a résonné dans mon esprit alors que je regardais mon nom lié à celui d'Elian. Qu'est-ce que le professeur Blitzen avait bien pu voir dans nos signatures magiques pour penser que nous associer était optimal pour autre chose qu'une frustration mutuelle ?

— Tu devrais probablement le trouver, a dit Brynn doucement. En finir avec cette première conversation avant que l'anxiété ne te tue.

Elle avait raison, bien sûr. Rester là à fixer le tableau n'allait rien changer, et plus je tardais à gérer ce partenariat, pire ce serait.

Mes yeux balayaient déjà la foule, à la recherche d'une chevelure familière couleur clair de lune. Je devais trouver Elian et déterminer comment nous allions faire fonctionner ça. Ou si nous allions le faire fonctionner.

C'est à ce moment-là que je l'ai sentie — une présence derrière moi qui a soudainement rendu l'air plus froid et chargé de pouvoir. La même sensation que j'avais éprouvée en le voyant pour la première fois dans la cour, comme si l'hiver lui-même avait pris forme humaine.

— Fiona Prancer.

La voix derrière moi était nette, cultivée et indubitablement froide. Je me suis tournée lentement, et il était là — grand, élégant, et ayant l'air à peu près aussi ravi de notre partenariat que moi.

De près, il était encore plus saisissant que depuis ma fenêtre. Ses traits étaient fins et aristocratiques, taillés dans la glace et la lumière des étoiles avec le genre de précision qui suggérait des siècles de sélection génétique. Ses cheveux pâles étaient parfaitement coiffés malgré le vent qui avait ébouriffé tous les autres, et ses yeux bleu hivernal recelaient des profondeurs qui semblaient bien plus anciennes que son âge apparent.

Mais c'était sa façon de *se mouvoir* qui a vraiment attiré mon attention — avec la confiance inconsciente de quelqu'un qui n'avait jamais douté de sa place dans le monde, jamais douté d'appartenir à un endroit. C'était l'opposé de tout ce que je ressentais à propos de ma propre présence à l'UNP.

— Elian Frost, ai-je répondu, reconnaissante que ma voix soit sortie stable malgré les papillons qui faisaient des acrobaties aériennes dans mon estomac. Je suppose que nous devons parler.

— En effet. Il a jeté un coup d'œil à la foule d'étudiants bavards, dont beaucoup nous dévisageaient maintenant ouvertement. Le mystérieux étudiant transféré et l'héritière Prancer — nous devions former un sacré tableau. Peut-être qu'un endroit plus privé serait approprié.

*Privé.* Le mot a envoyé un étrange frisson le long de ma colonne vertébrale qui n'avait rien à voir avec la température. Il y avait quelque chose dans sa façon de le dire — pas suggestif exactement, mais chargé d'implications que je ne parvenais pas tout à fait à analyser.

— La Bibliothèque Enchantée a des salles d'étude, ai-je suggéré, mon esprit s'emballant déjà en prévision de notre conversation. Qu'étais-je censée lui dire ? Comment négocier un partenariat avec quelqu'un qui opérait clairement à un niveau complètement différent du mien ?

Il a hoché la tête une fois, un mouvement sec et économique qui réussissait à la fois à signifier son accord et un certain dédain. — Montrez-moi le chemin.

Alors que nous commencions à marcher à travers le campus, j'étais douloureusement consciente de l'espace entre nous — assez proche pour converser, assez loin pour maintenir la barrière invisible qu'il semblait porter partout avec lui. D'autres étudiants s'écartaient de notre chemin, que ce soit à cause des cristaux de glace qui semblaient se former dans le sillage d'Elian ou de l'énergie agitée qui émanait de moi, je ne saurais le dire.

Le silence s'est étiré entre nous, ni confortable ni entièrement hostile. Plutôt comme le calme avant la tempête, quand l'air lui-même retient son souffle en attendant de voir ce qui va se passer.

— Vous semblez mécontente, a finalement dit Elian, son ton soigneusement neutre.

— Je suis... préoccupée par les implications pratiques, ai-je répondu, choisissant mes mots avec soin. Nos systèmes magiques sont fondamentalement différents.

— C'est un euphémisme. Il s'est arrêté de marcher, se tournant pour me regarder directement. Dites-moi, Mademoiselle Prancer, que savez-vous de la magie de la glace ?

Le titre formel m'a piquée, but j'ai passé outre. — Elle exige précision, contrôle et distance émotionnelle. Tout ce que la métamorphose en renne n'est pas.

Quelque chose qui aurait pu être de l'approbation a vacillé dans son expression. — Et qu'est-ce que cela vous suggère à propos de ce partenariat ?

— Que le professeur Blitzen voit quelque chose que nous ne voyons pas, ou qu'elle mène une sorte d'expérience sur l'incompatibilité magique.

— Ou, a-t-il dit tranquillement, et pendant un instant, son calme parfait a semblé se fissurer, révélant quelque chose de presque... incertain en dessous, elle essaie de nous apprendre à tous les deux quelque chose que nous ne pouvons pas apprendre seuls.

Sa voix portait un poids qui suggérait qu'il parlait d'expérience — quelqu'un qui avait passé beaucoup de temps à apprendre des choses seul, peut-être plus longtemps qu'il n'aurait dû.

La possibilité ne m'avait pas effleuré l'esprit, mais alors que nous reprenions notre marche vers la bibliothèque, je me suis mise à y réfléchir. Qu'est-ce que je pouvais bien apprendre de quelqu'un dont toute la philosophie magique semblait opposée à tout ce que je croyais sur le pouvoir, l'émotion et la connexion ?

Qu'est-ce qu'il pouvait apprendre de moi ?

Et plus troublant encore — et si cet apprentissage exigeait de devenir quelqu'un que je n'avais jamais été auparavant ? Et si la Fiona qui sortirait de ce partenariat ne ressemblait en rien à celle qui y était entrée ?

*Peut-être que c'est le but,* a murmuré une voix traîtresse dans mon esprit. *Peut-être que la personne que tu as essayé si fort d'être n'est pas celle que tu es censée devenir.*

Au moment où nous avons atteint la Bibliothèque Enchantée, je n'étais pas plus près d'avoir des réponses, mais je commençais à soupçonner que les prochains mois allaient remettre en question tout ce que je pensais savoir sur la magie — et sur moi-même.

La question était de savoir si l'un de nous survivrait à l'expérience avec ses capacités magiques — et sa santé mentale — intactes.

# Partenariat D'essai

❧

ELIAN
La bibliothèque avait toujours été l'un de mes endroits
préférés — un terrain neutre, avec suffisamment d'énergie
magique ambiante pour masquer les aspects les plus inhabituels de ma
propre signature magique. Si nous devions avoir une conversation qui
risquait d'en révéler plus que je ne le souhaitais, mieux valait que ce soit
dans un lieu où les murs eux-mêmes avaient l'habitude de garder des
secrets.

La salle d'étude privée où elle nous a conduits était plus petite que ce
à quoi je m'attendais, tapissée de livres qui bourdonnaient doucement
de savoir contenu. Tandis que la porte se refermait derrière nous, j'ai
senti le poids familier de l'isolement s'alléger un peu. Ici, au moins, nous
pouvions parler sans la conscience constante de regards qui observent et
d'oreilles qui écoutent.

Mais l'intimité de l'espace m'a aussi rendu profondément conscient
de sa présence d'une manière que je n'avais pas anticipée. Sa façon de
bouger avec une grâce inconsciente, l'odeur subtile de pin hivernal qui
s'accrochait à ses cheveux, l'énergie dorée et chaleureuse qui semblait
émaner de son être même.

*Elle est dangereuse pour tout ce que tu as œuvré à protéger.*

— J'imagine que cet arrangement vous préoccupe autant que moi, ai-je dit, en me dirigeant vers la fenêtre pour mettre un peu de distance entre nous. Le campus enneigé s'étendait en contrebas, paisible et d'une simplicité trompeuse.

— Préoccupée ? a-t-elle demandé en s'installant dans l'une des chaises, m'étudiant de ces yeux directs qui semblaient en voir plus qu'ils ne le devraient. Les implications pratiques m'inquiètent, oui. Nos systèmes magiques sont fondamentalement différents.

— C'est un euphémisme. Je me suis tourné pour lui faire face, me permettant de la regarder vraiment pour la première fois. Il y avait de la force dans sa posture, de l'intelligence dans son regard, et autre chose — une énergie fiévreuse qui parlait d'un pouvoir soigneusement contenu. La magie de la glace exige précision, contrôle et patience. La magie des rennes est... J'ai fait une pause, en quête d'une formulation diplomatique.

— Instinctive ? Émotionnelle ? Inférieure ? Les mots sont sortis, vifs, son tempérament s'enflammant en réponse à ce qu'elle avait claire-ment interprété comme de la condescendance.

— J'allais dire imprévisible, ai-je dit doucement, et quelque chose dans mon ton l'a poussée à me regarder plus attentivement. Même si, de mon point de vue, je suppose que ça revient au même.

*De mon point de vue.* Les mots portaient plus de poids que je ne l'avais prévu, révélant la vérité fondamentale que j'avais tenté de cacher : que ma perspective avait été façonnée par une vie passée à craindre exac-tement le genre d'imprévisibilité qu'elle représentait.

— Et quel est ce point de vue ? a-t-elle demandé, sa voix portant un défi auquel je ne m'étais pas attendu. La supériorité de la magie de la glace ?

La question a visé plus juste qu'elle n'aurait pu l'imaginer. Pas la supériorité... la survie. Le contrôle froid et prudent qui m'avait main-tenu en vie pendant vingt ans dans un monde où la magie émotionnelle était considérée comme un handicap au mieux, et une faiblesse fatale au pire.

— Le point de vue de quelqu'un à qui on a appris que l'imprévisibi-lité est dangereuse, ai-je admis, les mots m'échappant avant que je puisse les retenir. Que la magie émotionnelle est un handicap. Que faire confiance à son instinct vous tuera.

Pendant que je parlais, j'ai senti quelque chose changer dans l'atmosphère magique de la pièce. Les livres sur les étagères semblaient se pencher, comme s'ils sentaient que des secrets étaient partagés. Et de mes mains, sans aucune intention consciente, une lumière argentée a commencé à s'enrouler en spirales qui suivaient le rythme de mon pouls qui s'emballait soudainement.

Du givre s'est étendu sur la fenêtre en spirales délicates, et j'ai réalisé avec une alarme croissante que mon contrôle minutieux était en train de m'échapper en réponse à sa présence. La compatibilité magique que le professeur Blitzen avait d'une manière ou d'une autre détectée était réelle, tirant sur des défenses que j'avais passé des années à perfectionner.

— Ça a l'air d'être une façon bien solitaire de vivre, a dit doucement Fiona, et la douceur inattendue de sa voix a fait se desserrer quelque chose de noué dans ma poitrine.

*Solitaire.* Oui, c'était exactement ça. Vingt ans d'isolement, de distance prudente, à ne jamais laisser personne s'approcher assez pour voir au-delà des façades que j'avais construites.

— La solitude est moins dangereuse que l'alternative, ai-je répondu, bien que même en le disant, je pouvais sentir la vérité de cette croyance commencer à vaciller. Du moins, c'est ce qu'on m'a toujours dit.

— Ce qu'on vous a toujours dit. Elle s'est légèrement penchée en avant, et je pouvais la voir analyser la distinction entre croyance et endoctrinement. Mais vous, qu'en pensez-vous ?

La question m'a pris au dépourvu. À quand remontait la dernière fois que quelqu'un m'avait demandé ce que je pensais, plutôt que ce qu'on m'avait appris ou ce qu'on attendait de moi ?

— Je pense, ai-je dit lentement, que la magie de partenariat requiert exactement le genre de confiance qu'on m'a entraîné à éviter. Et je pense que cela fait de moi un mauvais choix pour quelqu'un dont le succès dépend de la collaboration magique.

— Ou bien, a-t-elle dit en se levant de sa chaise pour se rapprocher de la fenêtre où les motifs de givre continuaient de s'étendre depuis ma fuite magique inconsciente, cela fait de vous quelqu'un qui comprend les risques encourus et qui peut nous aider à aborder ce partenariat avec prudence.

La lumière argentée émanant de mes mains est devenue plus vive, s'étirant vers sa chaude énergie dorée comme du métal attiré par un aimant. Là où nos signatures magiques se sont touchées, l'air lui-même a semblé chanter d'une résonance harmonique qui m'a fait mal aux dents.

*Voilà ce que le professeur Blitzen a vu,* ai-je réalisé. *Cette compatibilité défie tout ce que je sais de la théorie magique.*

— Je peux vous demander quelque chose ? a dit Fiona, sa propre magie commençant à répondre à notre proximité.

— Vous pouvez demander. Je ne répondrai peut-être pas.

— Hier, dans la cour, quand on s'est regardés... Elle a touché quelque chose à sa gorge — un pendentif que je remarquais maintenant, qui brillait faiblement d'une lueur chaude. Vous avez senti ça ? Cette reconnaissance, ou quoi que ce fût ?

*Reconnaissance.* Oui, c'était exactement ça. L'impression que ma magie répondait à quelque chose qu'elle avait cherché sans que je le sache.

— Oui, ai-je admis. Je l'ai senti.

— Qu'est-ce que ça signifiait, d'après vous ?

Je suis resté silencieux un long moment, observant la façon dont nos énergies magiques s'entrelaçaient dans l'air entre nous sans qu'aucun de nous ne les dirige consciemment. Tout ce qu'on m'avait enseigné suggé-rait que ce genre de résonance magique incontrôlée était exactement ce que je devais craindre et éviter.

Mais en regardant la beauté des motifs que nous créions inconsciem-ment, en sentant la façon dont ma magie semblait s'installer dans l'har-monie plutôt que dans le chaos lorsqu'elle touchait la sienne...

— Je pense, ai-je dit avec précaution, que le professeur Blitzen sait des choses sur la compatibilité magique qui ne sont pas abordées dans les manuels de première année.

— Ce n'est pas vraiment une réponse.

— Non, ai-je convenu. Ce n'en est pas une.

Mais c'était ce qui se rapprochait le plus de l'honnêteté que j'osais formuler. Car la vraie réponse — que sa magie donnait l'impression d'être un retour à la maison, dans un endroit que j'ignorais cher- cher — était trop dangereuse pour être exprimée à voix haute.

— Alors, qu'est-ce qu'on fait ? a-t-elle demandé en se rasseyant dans son fauteuil alors que notre déploiement magique s'estompait lente- ment pour atteindre des niveaux gérables. On fait semblant que ce qui s'est passé hier n'avait aucun sens et on espère qu'on pourra se débrouiller pendant les prochains mois sans échouer de façon specta- culaire ?

— Ou bien, ai-je dit, les mots venant d'une partie de moi qui avait apparemment décidé que la prudence était moins importante que la possibilité, on reconnaît qu'il y a quelque chose entre nous que ni l'un ni l'autre ne comprend, et on essaie de découvrir ce que ça signifie.

La suggestion a envoyé des tremblements visibles à travers son aura magique, et j'ai réalisé qu'elle était aussi affectée que moi par notre connexion. La différence était qu'elle semblait disposée à l'explorer, alors que chacun de mes instincts hurlait des avertissements sur l'exposition et la vulnérabilité.

— Ça a l'air dangereux, a-t-elle dit, faisant écho à mes propres pensées.

— Tout ce qui en vaut la peine est dangereux. Les mots venaient de quelque part au fond de ma mémoire — la voix de Maître Wynne, pleine d'un encouragement doux pour un prince de sept ans qui avait peur de faire confiance à ses propres instincts magiques. La question est de savoir si nous sommes assez courageux pour découvrir ce que nous pourrions devenir ensemble.

*Ce que nous pourrions devenir ensemble.* La phrase est restée suspendue dans l'air entre nous, à la fois promesse et menace.

— Tu n'es pas ce à quoi je m'attendais, a-t-elle dit enfin.

— À quoi t'attendais-tu ?

— À quelqu'un de plus froid. De plus arrogant. Quelqu'un qui me regarderait et verrait un moyen pratique de passer les épreuves sans avoir à fournir beaucoup d'efforts lui-même.

L'évaluation m'a piqué au vif car elle était probablement juste pour la plupart des gens dans ma position. Mais elle révélait aussi quelque chose de ses propres peurs — qu'elle s'attendait à être utilisée, rejetée, considérée comme indigne d'un véritable partenariat.

— Le nom Prancer a du poids ici. Le succès de Connor ouvre des portes. Ça a sûrement dû te traverser l'esprit quand tu as vu nos noms associés.

Je ne savais pas comment répondre à ça.

— Tu ne sais pas qui est Connor, a-t-elle dit soudainement, en étudiant mon expression. N'est-ce pas ?

*Connor.* Le nom ne me disait rien, même si je voyais à sa réaction qu'il aurait dû.

— Je devrais ? ai-je demandé.

— C'est mon cousin. Le golden boy qui a restauré l'honneur de notre famille et qui est devenu le plus jeune renne de tête en trois siècles. Sa voix portait un mélange de fierté et de quelque chose qui sonnait comme de la résignation. La plupart des gens qui connaissent le nom Prancer connaissent l'histoire de Connor.

*La plupart des gens.* Mais je n'étais pas la plupart des gens. J'étais quelqu'un qui avait passé vingt ans dans la clandestinité, délibérément isolé des réseaux sociaux qui auraient fait de ces légendes familiales une connaissance commune.

— Je ne sais pas qui est Connor, ai-je dit simplement. Je ne sais pas quelles portes le nom Prancer pourrait ouvrir, ni quels avantages il pourrait procurer. Tout ce que je sais, c'est que lorsque je t'ai regardée dans cette cour, quelque chose dans ma magie... s'est réveillé. Quelque chose qui était en sommeil depuis plus longtemps que je ne veux bien l'admettre.

L'honnêteté de cet aveu m'a surpris autant qu'elle a semblé la surprendre. Mais assis ici, dans cette pièce calme, à observer la façon dont sa magie répondait à la mienne avec une harmonie si parfaite, je me suis rendu compte que j'étais fatigué des calculs prudents qui avaient régi chacune de mes interactions au cours des deux dernières décennies.

— Je l'ai senti aussi, a-t-elle dit doucement, et alors qu'elle prononçait ces mots à voix haute, la résonance magique entre nous s'est à nouveau intensifiée. Comme si ma magie reconnaissait quelque chose qu'elle avait cherché.

*Exactement.* C'était exactement ce que j'avais ressenti.

— Alors peut-être, ai-je dit, devrions-nous arrêter de le combattre et commencer à explorer ce que cela pourrait nous apprendre.

*Explorer.* Le mot portait des implications qui ont fait s'accélérer mon pouls. Pas seulement une exploration magique, mais personnelle. Émotionnelle. Le genre de connexion profonde qu'on m'avait entraîné à craindre et à éviter.

— J'ai des conditions, a-t-elle dit en se redressant sur sa chaise avec une détermination soudaine.

— Des conditions ?

— Plus question de m'appeler Mademoiselle Prancer comme si nous étions des étrangers. Si nous devons faire ça, nous allons le faire en tant qu'égaux. Ses yeux ont soutenu les miens fermement. Et plus question de prétendre que ce qui nous a réunis était le fruit du pur hasard. Quelque chose a poussé le professeur Blitzen à nous associer spécifiquement, et je veux savoir quoi.

— Marché conclu, ai-je dit, me trouvant sincèrement impressionné par sa franchise. Et mes conditions ?

— Tu as aussi des conditions ?

— La confiance va dans les deux sens, Fiona. Utiliser son prénom semblait à la fois étrange et juste. J'ai besoin de savoir que tu ne t'enfuiras pas dès que les choses se compliqueront. Que tu ne décideras pas que ce partenariat est trop difficile pour trouver un moyen d'être transférée avec quelqu'un de moins risqué.

La requête en a révélé plus sur mes peurs que je ne l'avais prévu — pas seulement à propos de l'échec scolaire, mais à propos de l'abandon. D'être à nouveau laissé seul, juste au moment où je commençais à espérer quelque chose de différent.

— Je ne m'enfuis pas, a-t-elle dit fermement. Les Prancer mènent les choses à leur terme, même quand — et surtout quand — ces choses semblent impossibles.

— Bien, ai-je répondu, et pour la première fois depuis mon affectation à l'UNP, j'ai ressenti quelque chose qui aurait pu être de l'espoir. Parce que j'ai l'impression que l'impossible va être notre spécialité.

Alors que nous nous préparions à quitter la salle d'étude, j'ai senti un changement fondamental dans la dynamique entre nous. Nous n'étions plus des partenaires réticents, réunis par les circonstances. Nous étions des collaborateurs, choisissant de nous faire confiance mutuellement avec quelque chose que ni l'un ni l'autre ne comprenait entièrement.

La peur était toujours là — peur d'être exposé, d'être découvert, des conséquences politiques qui s'ensuivraient si certaines personnes apprenaient à quel point mes défenses minutieuses s'effritaient. Mais en dessous se trouvait quelque chose que je n'avais pas ressenti depuis vingt ans : de l'impatience.

La question était de savoir si j'aurais le courage de voir où ce partenariat impossible pourrait mener.

En regardant Fiona, en voyant la détermination et la curiosité qui brillaient dans ses yeux, j'ai pensé que c'était possible.

# L'entraînement Commence

FIONA

Je suis arrivée au terrain d'entraînement et j'y ai trouvé Elian, déjà là, immobile au centre de la zone d'exercice, telle une statue taillée dans l'hiver même. Du givre s'étendait en motifs géométriques parfaits autour de ses pieds, et son souffle formait des nuages précis dans l'air glacial.

Il méditait, ai-je réalisé. Ou du moins, il faisait ce qui en tenait lieu chez les elfes du givre.

Je me suis approchée sans bruit, ne voulant pas le déranger, mais ses yeux se sont ouverts avant même que j'aie fait trois pas.

— Tu es en avance, a-t-il observé en se redressant avec cette grâce fluide qui donnait à chacun de ses gestes une apparence de facilité.

— Toi aussi. Est-ce que tu dors, parfois ?

Quelque chose qui aurait pu être de l'amusement a traversé ses traits. — Le sommeil est... optionnel, quand on s'est entraîné aux bonnes techniques de méditation.

— Génial, ai-je marmonné. Je me retrouve avec un bourreau de travail aux pouvoirs de glace. Fantastique.

Cette fois, le coin de sa bouche a très clairement tressailli. — Je prendrai note de ton besoin de repos. Le professeur Hoof a laissé des instruc-

35

tions pour les exercices d'aujourd'hui. Elle nous observe depuis le poste d'équipement, prenant des notes sur son éternel presse-papiers. Nous devons travailler sur les constructions défensives.

Il a désigné une série de cibles qui étaient apparues pendant la nuit — des projectiles enchantés qui tireraient des éclats de glace, des rafales de vent, et ce qui ressemblait étrangement à des éclairs miniatures. L'idée, apparemment, était de créer des barrières capables de résister aux attaques magiques tout en conservant leur intégrité structurelle.

— Une idée de l'approche à adopter ? ai-je demandé, ravie qu'il me demande mon avis au lieu de simplement me dire quoi faire.

— Ta magie offre la flexibilité. La mienne, la force. Il a étudié les cibles avec un regard clinique. — En théorie, une barrière qui combine les deux devrait être presque impénétrable.

*En théorie.* — Et en pratique ?

— En pratique, nous devrons maintenir le lien pendant de longues périodes tout en étant attaqués. Ses yeux pâles ont croisé les miens, et j'ai senti un écho de la sensation électrique de la veille. — Cela exigera... de la confiance.

Le mot a flotté entre nous, tel un défi. La confiance. Cette chose qui avait brillé par son absence dans toutes nos interactions jusqu'à présent.

— Je peux le gérer si tu le peux, ai-je dit en relevant le menton.

Il a hoché la tête une fois, d'un geste sec et décidé. — Alors, commençons.

Cette fois, lorsque j'ai fait appel à ma magie, j'étais préparée à l'intensité de notre connexion. La chaleur dorée a coulé de mes mains plus facilement, cherchant les voies que la glace d'Elian offrait. Mais au lieu du doux entrelacement de la veille, cela exigeait quelque chose de plus profond — un lien soutenu qui me laissait une sensation de vulnérabilité et de mise à nu.

La barrière que nous avons créée était d'une grande beauté, translucide comme du verre mais solide comme de l'acier, avec des veines de lumière dorée traversant des parois cristallines. Lorsque le premier projectile l'a heurtée, l'impact a envoyé des ondes de choc à travers notre magie commune que j'ai ressenties jusque dans mes os.

— Tiens bon, a murmuré Elian, sa voix tendue par la concentration. Ne te rétracte pas.

Plus facile à dire qu'à faire. Chaque coup me donnait envie de reculer, de me protéger de la vulnérabilité que représentait le fait d'être si complètement connectée à quelqu'un d'autre. Mais j'ai serré les dents et j'ai tenu bon, déversant plus d'énergie dans notre construction à mesure que les attaques s'intensifiaient.

Au moment où le professeur Hoof a mis fin à l'exercice, de la sueur coulait le long de ma colonne vertébrale malgré la température glaciale. Elian avait l'air tout aussi épuisé, son sang-froid habituel légèrement ébranlé.

— Excellent travail, a annoncé le professeur, en prenant des notes sur son éternel presse-papiers. Votre barrière a tenu pendant les vingt minutes complètes sous un assaut soutenu. La plupart des binômes tiennent à peine cinq minutes à leur première tentative.

*La plupart des binômes.* Exact. Parce que nous n'étions apparemment pas comme la plupart des binômes.

— Demain, nous travaillerons sur les constructions offensives, a-t-elle poursuivi. Je veux voir à quel point vous parvenez à projeter des attaques combinées.

Après son départ, Elian et moi sommes restés dans le silence du terrain d'entraînement, évitant soigneusement de nous regarder. Le lien magique avait été rompu, mais je pouvais encore en sentir l'écho, comme des membres fantômes qui aspiraient à être complétés.

— C'était... ai-je commencé, puis ma voix s'est éteinte, ne sachant pas comment finir.

— Intense, a-t-il fourni à voix basse.

— Ouais. Je me suis frotté les bras, essayant de dissiper la sensation persistante de sa magie entrelacée à la mienne. — C'est toujours comme ça ? La connexion, je veux dire.

Il est resté silencieux si longtemps que j'ai cru qu'il n'allait pas répondre. Puis : — Non. Ça ne l'est pas.

Cet aveu a provoqué un battement dans ma poitrine que j'ai essayé d'ignorer. — Oh.

— Fiona. La façon dont il a prononcé mon nom m'a fait le regarder. Vraiment le regarder. Le masque aristocratique avait de nouveau glissé, révélant une part d'incertitude. — Ce que nous faisons... la magie que nous créons ensemble... ce n'est pas normal.

— Je m'en étais un peu doutée.

— Je veux dire, ce n'est pas juste inhabituel. C'est... Il a passé une main dans ses cheveux argentés, en dérangeant l'arrangement parfait. — D'après mon expérience, les partenariats magiques sont fonctionnels. Pratiques. On n'a pas l'impression de...

— De quoi ?

— De rentrer à la maison, a-t-il dit doucement, et mon cœur a fait quelque chose de compliqué dans ma poitrine.

*Rentrer à la maison.* Oui. C'était exactement ce que je ressentais.

— Est-ce que c'est un problème ? ai-je demandé, même si j'étais presque sûre de connaître déjà la réponse.

— Ça pourrait l'être. Il a jeté un coup d'œil au terrain d'entraînement vide, puis s'est rapproché, en baissant la voix. — Le professeur Glacier a mentionné qu'il y aurait des observateurs pour surveiller les partenariats prometteurs. Ce ne sont pas seulement des professeurs de l'université.

Un frisson m'a parcouru l'échine, sans aucun rapport avec la température. — Qui étaient-ils ?

— Des représentants de la Cour. Probablement envoyés pour surveiller ma progression et s'assurer que je ne... dépasse pas les attentes.

*Dépasser les attentes.* — Et créer des barrières magiques qui durent quatre fois plus longtemps que la normale serait considéré comme un dépassement des attentes ?

— Entre autres choses, oui.

Je l'ai dévisagé, essayant d'assimiler les implications. — Donc, on est censés échouer ? Ou du moins, être médiocres ?

— Je suis censé être quelconque. Sa mâchoire s'est contractée. — Invisible. Un elfe du givre mineur avec des capacités adéquates qui termine ses études tranquillement.

— Mais tu n'es pas un elfe du givre mineur. Ce n'était pas une question.

— Non. Je ne le suis pas. Il a détourné le regard, son profil se découpant sur le ciel pâle. — Et si certaines personnes découvrent à quel point je ne suis pas mineur...

Il n'a pas terminé sa phrase, mais il n'en avait pas besoin. La menace était assez claire.

— Alors nous serons prudents, ai-je dit, surprise de ma propre certitude. Nous trouverons un moyen de nous entraîner sans attirer l'attention.

— Fiona...

— Non. Je me suis rapprochée, assez pour voir les paillettes d'argent dans ses yeux bleu glacier. — Quel que soit l'imbroglio politique que tu fuis, on trouvera une solution. Mais je n'abandonnerai pas ce partenariat.

— Tu ne comprends pas ce qui se passe lorsque la magie du givre se lie trop étroitement à une autre âme. Sa voix n'était qu'un murmure, mais les mots m'ont frappée avec la force d'un cri. — Les conséquences ne sont pas seulement politiques. Elles sont... permanentes.

La façon dont il a dit *permanentes* m'a fait frissonner à nouveau, mais pas entièrement de peur. — Alors explique-moi. La confiance va dans les deux sens, Elian. Si tu veux que je t'aide à rester discret, tu dois me dire pourquoi.

Un instant, j'ai cru qu'il allait le faire. Ses lèvres se sont entrouvertes comme s'il allait parler, et quelque chose de vulnérable a traversé ses traits. Puis il a reculé, ce mur invisible s'abattant à nouveau entre nous.

— Je devrais y aller, a-t-il dit, sa voix de nouveau soigneusement contrôlée. Même heure demain.

Il était à trois pas lorsqu'il s'est arrêté et s'est retourné.

— Pour ce que ça vaut, a-t-il dit doucement, je ne veux pas non plus abandonner ce partenariat.

Puis il a disparu, me laissant seule, ma magie bourdonnant encore avec impatience sous ma peau, et la certitude grandissante que j'étais en train de tomber amoureuse de quelqu'un dont les secrets pourraient nous détruire tous les deux.

Mais tandis que je retournais vers le Shifter Lodge, une pensée tournait en boucle dans mon esprit : il avait dit *rentrer à la maison*.

Et si notre magie nous donnait cette impression à tous les deux, peut-être que le jeu en valait la chandelle.

Même si le prix de la découverte était plus élevé que ce que nous pouvions nous permettre de payer.

Ce soir-là, je me suis retrouvée dans la Bibliothèque Enchantée, à rechercher tout ce que je pouvais trouver sur la noblesse des elfes du givre et la politique des cours saisonnières. Si Elian ne voulait pas me dire à quoi nous étions confrontés, je le découvrirais par moi-même.

Des heures plus tard, entourée de textes anciens et de parchemins qui murmuraient des secrets dans des langues que je comprenais à peine, j'ai finalement trouvé quelque chose qui m'a glacé le sang.

*Le Prince Perdu de la Cour du Givre,* proclamait un volume relié en cuir, *a disparu durant la Nuit de la Glace Brisée, il y a vingt ans. Certains disent qu'il a été tué. D'autres murmurent qu'il a été caché, son existence même étant une menace pour le nouvel ordre...*

J'ai fixé les mots jusqu'à ce qu'ils deviennent flous, les pièces d'un puzzle s'emboîtant avec une clarté terrifiante. Un prince disparu. Un héritier caché. Un exilé se faisant passer pour un étudiant transféré.

Et une magie du givre qui se liait trop étroitement à une autre âme.

Parce que la famille Prancer ne reculait pas devant un défi.

Et quelque chose me disait qu'Elian Frost — quel que soit son vrai nom — était le plus grand défi et la plus grande récompense que je rencontrerais jamais.

# Le Monde Extraordinaire

E LIAN
Le quatrième jour d'entraînement s'est levé dans un calme de mauvais augure qui me fit frissonner de malaise. Alors que je me dirigeais vers le terrain d'entraînement, l'air lui-même semblait chargé d'attente, comme si le monde entier retenait son souffle avant qu'un événement majeur ne se produise.

La lettre du Chancelier Arcturus était toujours posée sur mon bureau, son sceau brisé me rappelant constamment l'épée de Damoclès suspendue au-dessus de ma tête. *Terminez vos études sans attirer l'attention*, m'avait-elle averti. *Évitez les démonstrations de magie qui pourraient révéler vos véritables capacités.*

J'avais réussi à suivre ces instructions pendant trois jours exactement.

La séance d'entraînement de la veille avec Fiona avait été tout autant une révélation qu'une catastrophe. La barrière que nous avions créée ensemble avait été parfaite — trop parfaite. Le genre d'intégration magique harmonieuse qui aurait dû être impossible pour des étudiants de notre prétendu niveau d'expérience.

Et j'avais senti des regards posés sur nous. Calculateurs. Évaluateurs.

*Ils arrivent*, ai-je pensé en approchant du terrain d'entraînement. *La seule question est de savoir combien de temps il me reste avant leur arrivée.*

Fiona attendait déjà, ses cheveux auburn captant la pâle lumière du matin comme du cuivre poli. Elle semblait concentrée mais troublée, sa signature magique vibrant de cette énergie agitée qui laissait deviner qu'elle avait aussi mal dormi que moi.

— Tu es distraite, ai-je fait remarquer alors que nous commencions nos exercices d'échauffement. Sa magie dorée vacillait de manière irrégulière, répondant à des courants émotionnels sous-jacents plutôt qu'à une direction consciente.

— Désolée, a-t-elle marmonné en secouant les mains, essayant de se recentrer. J'ai mal dormi.

Moi non plus, mais pour des raisons que je ne pouvais pas partager. Les rêves étaient revenus — des souvenirs de la Cour du Givre, de la nuit où tout avait changé, des derniers mots de Maître Wynne qui résonnaient à travers vingt années de dissimulation prudente.

*Trouve ta partenaire*, avait-il murmuré alors que les gardes l'entraînaient. *Trouve celle qui fait chanter ta magie de joie plutôt que par devoir.*

En regardant Fiona, en sentant la façon dont nos signatures magiques entraient en résonance même lorsque nous ne collaborions pas activement, je me suis demandé si Maître Wynne avait su d'une manière ou d'une autre que ce jour viendrait.

— Essayons la technique de la barrière superposée, a suggéré Fiona, mais je sentais que son cœur n'y était pas vraiment.

Alors que nous commencions à entrelacer nos magies, j'ai ressenti cette harmonie familière qui était devenue aussi naturelle que la respiration. La chaleur dorée a rencontré la précision cristalline, créant quelque chose à la fois magnifique et incroyablement stable.

Trop semblable à la magie collaborative royale que l'on n'avait pas vue depuis trois générations.

— Fiona, qu'est-ce que…, ai-je commencé, avant de m'interrompre en pleine phrase alors que mes sens exacerbés captaient l'approche de signatures magiques familières à travers le terrain d'entraînement.

Mon sang s'est glacé.

Le professeur Blitzen marchait vers nous, mais elle n'était pas seule. À ses côtés se trouvaient deux silhouettes en tenues officielles d'elfes du givre, leurs auras magiques portant l'autorité indubitable des dignitaires de la cour.

Lord Arcturus. Lord Kieran.

Ils m'avaient trouvé.

Après vingt ans de dissimulation prudente, de maintien d'un parfait anonymat, de respect de chaque protocole conçu pour me garder invisible — ils m'avaient trouvé parce que je n'avais pas pu résister à l'attrait de la magie collaborative avec quelqu'un dont le pouvoir appelait le mien comme un chant.

— Prancer, Frost, a appelé le professeur Blitzen alors qu'ils se rapprochaient, sa voix soigneusement neutre mais sa signature magique tendue d'inquiétude. Un mot, s'il vous plaît.

*Joue ton rôle*, me suis-je dit, enfilant le masque de déférence polie que j'avais perfectionné au fil des années de clandestinité. *Ne leur donne rien qu'ils puissent utiliser.*

— Bien sûr, Professeur, ai-je répondu, ma voix parfaitement maîtrisée malgré le chaos qui régnait dans ma poitrine.

Mais au moment même où je parlais, j'ai senti notre construction magique vaciller alors que ma concentration se fracturait. La magnifique barrière que nous avions créée a commencé à se déstabiliser, ses motifs dorés et argentés se fragmentant en spirales chaotiques.

Les deux dignitaires de la cour nous ont étudiés avec le genre d'attention clinique qui donnait à mes défenses magiques l'envie de se barricader. Lord Arcturus — grand, mince comme un roseau, avec des cheveux argentés et des yeux comme des éclats de ciel d'hiver — m'a regardé avec l'expression de quelqu'un qui attendait ce moment depuis des années.

Lord Kieran, plus large et plus jeune mais se comportant avec une arrogance évidente, a concentré son attention sur notre construction magique défaillante avec un intérêt manifeste.

— Lord Arcturus, a dit le professeur Blitzen formellement, en désignant le plus grand des deux dignitaires. Lord Kieran. Permettez-moi de vous présenter Fiona Prancer et Elian Frost.

*Elian Frost.* Le simple fait d'entendre mon nom d'emprunt prononcé en présence des dignitaires de la cour m'a tordu l'estomac. Combien de temps avant qu'ils n'exigent de connaître ma véritable identité ? Combien de temps avant qu'ils ne fassent le lien entre le prince caché et le mystérieux étudiant transféré capable de canaliser la Magie Profonde ?

— Mademoiselle Prancer, a dit Lord Arcturus avec une légère inclination de tête qui se voulait à la fois respectueuse et dédaigneuse. Ses yeux pâles se sont attardés sur elle un instant seulement avant de se tourner vers moi avec une concentration de laser. Nous avons eu vent de rapports intéressants sur votre... partenariat.

— Uniquement de bonnes choses, j'espère, a répondu Fiona, et j'ai ressenti une vague d'admiration pour la fermeté de sa voix malgré la tension évidente dans sa signature magique.

— En effet. L'attention de Lord Arcturus était désormais entièrement tournée vers moi, et je pouvais le sentir cataloguer chaque détail — ma posture, mon contrôle magique, la façon dont le pouvoir semblait s'écouler naturellement de mes mains malgré mes tentatives de le réprimer. Monsieur Frost. Vous avez fait forte impression.

Ces mots avaient plus de poids que leur sens apparent. Ce n'était pas un compliment désinvolte — c'était la reconnaissance qu'ils savaient exactement qui j'étais et de quoi j'étais capable.

— J'espère que mes résultats scolaires ont été satisfaisants, ai-je répondu prudemment, en maintenant le prétexte qu'il s'agissait de travail scolaire plutôt que de lignées royales et de succession politique.

— Oh, plus que satisfaisants. Remarquables, pourrait-on dire. Lord Kieran s'est avancé, son regard calculateur étudiant les motifs magiques résiduels qui flottaient encore dans l'air autour de nous. Dites-moi, depuis combien de temps vous entraînez-vous ensemble ?

La question semblait assez innocente, mais je pouvais sentir le piège qu'elle recelait. Combien de temps avait-il fallu pour que la magie royale endormie se manifeste ? À quelle vitesse avais-je perdu le contrôle des capacités que j'étais censé garder cachées ?

— Quatre jours, a répondu Fiona alors que je restais silencieux, et je me suis senti reconnaissant pour son intervention même si je redoutais ce qui allait suivre.

— Quatre jours, a répété Lord Kieran, pensif, comme si ce laps de temps revêtait une signification particulière. Et vous créez déjà des constructions magiques que des partenariats plus expérimentés ont du mal à réaliser. Fascinant.

La façon dont il a dit *fascinant* donnait l'impression que c'était une condamnation à mort.

— Ces étudiants ont travaillé très dur, est intervenue le professeur Blitzen en douceur, son instinct protecteur clairement activé malgré sa propre curiosité sur ce que nous étions devenus. Le talent naturel combiné à la persévérance produit souvent des résultats extraordinaires.

— Extraordinaires, a songé Lord Arcturus, et j'ai senti son pouvoir presser contre les bords de ma conscience, testant mes défenses. Oui, c'est précisément le mot que j'utiliserais.

Son attention s'est fixée sur moi avec une intensité inconfortable. — Peut-être pourriez-vous nous faire une démonstration de ce partenariat extraordinaire ? Une simple construction défensive devrait suffire.

Ce n'était pas une requête. C'était un ordre déguisé en une formule de politesse, et nous le savions tous.

J'ai jeté un coup d'œil à Fiona, voyant ma propre terreur se refléter dans son expression soigneusement maîtrisée. Nous avions à peine réussi à maintenir une harmonie magique de base alors que j'étais distrait par des préoccupations politiques. Essayer de performer sous l'œil scrutateur de dignitaires de la cour qui se doutaient manifestement de ma véritable identité, c'était courir au désastre.

Mais refuser aurait été pire qu'échouer. Cela aurait été la confirmation que j'avais quelque chose à cacher.

— Bien sûr, ai-je dit, en me mettant en position et en puisant dans toutes les leçons de sang-froid royal que j'avais jamais reçues. Ma posture était parfaite malgré la terreur qui me parcourait les veines.

Fiona s'est placée face à moi, et un instant, nos regards se sont croisés. Dans ses yeux, j'ai vu de la détermination mêlée de confusion, de la confiance superposée à la peur. Elle ne comprenait pas ce qui se passait, mais elle était prête à y faire face à mes côtés.

*Fais-moi confiance*, ai-je essayé de lui transmettre sans mots.

Elle a légèrement hoché la tête, et je l'ai sentie puiser dans sa magie avec une concentration délibérée.

Lorsque nos pouvoirs se sont rencontrés, quelque chose d'extraordinaire s'est produit. Au lieu du débordement chaotique que j'avais redouté, nos magies ont fusionné dans une harmonie parfaite. La chaleur dorée et la précision cristalline se sont unies en quelque chose de plus fort et de plus beau que ce que l'un ou l'autre d'entre nous aurait pu accomplir seul.

La barrière que nous avons créée n'était pas simplement fonctionnelle — c'était de l'art. De délicats motifs de givre s'enroulaient en spirales à travers des murs d'or cristallisé, créant quelque chose de si époustouflant que même Lord Arcturus a eu le souffle coupé.

Mais alors que la construction se solidifiait, j'ai réalisé avec une horreur grandissante que nous avions commis une terrible erreur. Ce n'était pas une démonstration magique convenable d'étudiants prometteurs. C'était la signature indubitable de la Magie Profonde royale — le genre de pouvoir collaboratif qu'on n'avait pas vu depuis la mort de mon père.

— Intéressant, a dit Lord Kieran à voix basse, et la satisfaction dans sa voix a glacé mon sang.

Mais c'est Lord Arcturus qui a porté le coup de grâce.

— Dites-moi, jeune Frost, dit-il d'un ton conversationnel, sans jamais quitter notre barrière des yeux, quand avez-vous découvert que vous pouviez canaliser la Magie Profonde ?

Le monde a basculé sur son axe.

Ma construction parfaite s'est brisée comme du cristal, le son se répercutant sur le terrain d'entraînement alors que chaque faux-semblant soigneusement entretenu s'effondrait autour de nous.

Vingt ans de clandestinité. Vingt ans à suivre les protocoles, à maintenir l'anonymat, à réprimer les capacités mêmes qui faisaient de moi le fils de mon père.

Tout cela anéanti par le simple fait d'avoir trouvé quelqu'un dont la magie appelait la mienne avec une harmonie trop parfaite pour être ignorée.

— Je ne vois pas ce que vous voulez dire, ai-je dit, bien que ma voix ait manqué de conviction, même à mes propres oreilles.

— Vraiment ? a souri Lord Arcturus, et son sourire était aussi tranchant qu'une lame. Parce que cette construction porte toutes les caractéristiques de la magie de glace royale. Le genre qu'on n'a pas vu depuis... Il a marqué une pause dramatique. Eh bien. Depuis la Nuit de la Glace Brisée.

*La Nuit de la Glace Brisée.* La nuit où mon père était mort. La nuit où j'avais été emmené en secret pour commencer une vie d'exil et de clandestinité.

La nuit qui avait défini chaque choix que j'avais fait au cours des deux dernières décennies.

— Fascinant, en effet, a murmuré Lord Kieran, son attention se déplaçant entre notre démonstration magique brisée et mon visage sans doute blême. Professeur Blitzen, je pense que nous allons devoir avoir une conversation plus privée avec ces étudiants.

— Bien sûr, a-t-elle répondu, bien que je puisse entendre la réticence dans sa voix. Le professeur Blitzen avait toujours été protectrice envers ses étudiants, mais même elle ne pouvait s'opposer à une intervention directe de la cour. Dans mon bureau dans une heure ?

— Parfait. Lord Arcturus a tourné son sourire froid vers Fiona, et j'ai senti mes instincts protecteurs s'enflammer malgré le caractère désespéré de notre situation. Mademoiselle Prancer, j'espère que vous comprenez la nature... délicate de ce dont vous avez été témoin aujourd'hui.

La menace était claire, même enveloppée dans un langage diplomatique. Ils l'avertissaient de garder le silence sur mes capacités, sur la magie royale que je venais de déployer, sur tout ce qui pourrait relier Elian Frost au prince Elian Frostborn.

— Je comprends que mon partenaire d'entraînement est exceptionnellement talentueux, a répondu Fiona d'une voix égale, et j'ai ressenti une vague d'admiration féroce pour son courage. Au-delà de ça, je ne suis pas sûre de ce que vous insinuez.

Quelque chose qui aurait pu être de l'approbation a vacillé dans l'expression de Lord Arcturus, mais a été rapidement remplacé par un intérêt calculateur.

— Quelle naïveté rafraîchissante, a-t-il dit. Je suis sûr que cela changera bien assez tôt.

Alors que les dignitaires s'éloignaient avec le professeur Blitzen, je suis resté figé sur le terrain d'entraînement, le poids de la découverte s'abattant sur moi comme une avalanche.

— Alors, a dit Fiona doucement, en venant se tenir à mes côtés. La Magie Profonde.

Je l'ai regardée — vraiment regardée. Cette personne qui avait réussi à faire ce que vingt ans d'agents de la cour et d'enquêteurs magiques n'avaient pas réussi à accomplir : me forcer à révéler exactement qui et ce que j'étais.

Mais au lieu de peur ou de calcul dans ses yeux, j'ai vu de la détermination. De la loyauté. Le genre d'instinct protecteur féroce qui n'avait rien à voir avec la politique et tout à voir avec le partenariat.

— Fiona, ai-je commencé, puis je me suis arrêté. Que pouvais-je bien dire ? Comment pouvais-je expliquer que tomber amoureux d'elle — parce que c'était bien de cela qu'il s'agissait, ai-je réalisé avec une clarté saisissante — nous avait peut-être condamnés tous les deux ?

— Une heure, a-t-elle dit fermement, coupant court à ma spirale d'auto-accusation. C'est le temps que nous avons pour mettre au point notre histoire avant qu'ils ne commencent à poser des questions auxquelles nous ne pouvons pas répondre.

*Notre histoire.* Pas mon histoire, pas mes problèmes, pas mes complications royales dans lesquelles elle avait été entraînée bien malgré elle.

*Notre* histoire.

— Ensemble ? ai-je demandé, faisant écho à la question qui avait initié cet impossible partenariat.

— Toujours, a-t-elle répondu sans hésitation.

Et malgré tout — le désastre politique, la révélation de capacités que j'avais passé une vie à cacher, la certitude que des forces puissantes s'alignaient contre nous — j'ai senti quelque chose qui aurait pu être de l'espoir commencer à naître dans ma poitrine.

Parce que je n'étais pas seul face à une situation impossible.

Tout ce qui en valait la peine était dangereux, m'avait enseigné Maître Wynne.

Et Fiona Prancer en valait vraiment la peine.

# Mentors Et Méfiance

FIONA

Le bureau de la professeure Blitzen était l'incarnation même du chaos maîtrisé. Des étagères couvraient chaque mur, bondées de livres qui se réorganisaient parfois d'eux-mêmes, de boules à neige qui montraient de véritables phénomènes météorologiques du monde entier, et de ce qui ressemblait à une collection d'éclairs cristallisés. Son bureau était taillé dans un seul bloc de glace noire qui ne fondait jamais, et les chaises qui lui faisaient face étaient nettement moins confortables qu'elles n'en avaient l'air.

Elian et moi étions maintenant assis sur ces chaises, à attendre. L'air entre nous vibrait encore de l'énergie résiduelle de notre séance d'entraînement — le souvenir de notre magie s'entrelaçant dans une harmonie impossible, créant quelque chose qu'aucun de nous n'aurait pu accomplir seul. Même maintenant, assis prudemment à l'écart l'un de l'autre, je pouvais sentir l'écho de ce lien comme un second battement de cœur.

Lord Arcturus et Lord Kieran encadraient le bureau de la professeure Blitzen comme des sentinelles, leurs expressions illisibles. La professeure elle-même était assise derrière son intimidant plan de travail, ses cheveux argentés crépitant d'une énergie électrique à peine contenue qui donnait à l'air un goût de cuivre et d'orage.

Le silence s'étira au point que je crus que j'allais hurler sous la tension. Toutes les quelques secondes, j'entrevoyais une lumière argentée qui dansait autour des doigts d'Elian — si faible que j'aurais pu l'imaginer, mais c'était la preuve que notre démonstration de magie précédente l'avait autant affecté que moi.

— Eh bien, dit enfin la professeure Blitzen, sa voix tranchant le silence oppressant comme une lame. Nous voilà dans une sacrée situation.

— En effet, acquiesça Lord Arcturus, ses yeux pâles fixés sur Elian avec l'intensité d'un laser. Bien que je doive dire, Prince Elian, que votre performance a été... éclairante.

*Prince Elian.* Entendre son vrai titre prononcé à voix haute rendait tout terrifiament réel. Les enjeux n'étaient plus seulement universitaires — ils étaient politiques, dynastiques, potentiellement mortels.

À côté de moi, Elian était assis, parfaitement immobile, en tout point l'héritier royal qu'il était né pour être. Mais je pouvais voir la tension dans ses mains, la façon dont sa mâchoire se contractait de manière presque imperceptible. — Lord Arcturus. Lord Kieran. Je suppose que vous avez des questions.

— Oh, nous avons beaucoup de questions, dit Lord Kieran en s'avançant avec une grâce prédatrice. Mais commençons par la manière dont ce partenariat a réussi à débloquer des niveaux de puissance qui menacent la stabilité des relations inter-cours.

La question resta en suspens dans l'air, telle une arme. Je sentis mon cœur marteler ma poitrine, me souvenant des fils d'or et d'argent qui s'étaient tissés entre nous dans la bibliothèque, de la façon dont l'air lui-même avait semblé chanter lorsque nos pouvoirs avaient fusionné.

— Je n'ai rien manifesté, répondit Elian avec aisance, sa voix portant la diplomatie exercée de siècles d'éducation royale. Miss Prancer et moi avons simplement découvert une compatibilité inhabituelle dans nos signatures magiques.

Lord Arcturus se mit à rire, un son aussi tranchant que du verre brisé. Les artéfacts cristallins du bureau résonnèrent avec cette note discordante, créant une harmonie sinistre qui me fit mal aux dents. — Je vous en prie. Vous nous prenez pour des imbéciles ? Ce dont nous avons été témoins aujourd'hui était de la magie de glace royale du plus haut niveau. Une magie qui est restée dormante dans votre lignée depuis des générations.

Comme pour répondre à ses paroles, du givre commença à se répandre sur les fenêtres du bureau en motifs délicats et ramifiés. Il ne s'agissait pas d'une formation de glace aléatoire — c'étaient des sceaux, des symboles anciens qui semblaient pulser de leur propre lumière intérieure. J'en reconnus certains tirés des plus anciens textes de magie, ceux écrits avant que les cours ne consolident leurs structures de pouvoir actuelles.

— Une magie dont certaines parties étaient tout à fait certaines qu'elle ne se manifesterait jamais, ajouta Lord Kieran de manière significative, son regard oscillant entre les motifs de givre et l'expression soigneusement maîtrisée d'Elian.

Je sentis Elian se raidir à côté de moi, bien que son visage restât impassible. Grâce à notre lien grandissant, je pouvais sentir le courant sous-jacent d'une vieille colère, une peur soigneusement enfouie sous des couches d'entraînement royal. — Et pourtant, nous y voilà.

— Nous y voilà, en effet. Lord Arcturus reporta son attention sur moi, et je luttai pour ne pas me recroqueviller sous son regard glacial. Quand il me regarda, l'air autour de ma chaise se réchauffa sensiblement — ma magie réagissant défensivement à la menace perçue. Dites-moi, Miss Prancer, que savez-vous exactement sur les antécédents de votre partenaire ?

La question que j'avais redoutée. Je pouvais sentir la tension d'Elian monter d'un cran, bien qu'il n'en laissât rien paraître. Une lumière dorée commença à tournoyer faiblement autour de mes mains — à peine visible, mais suffisante pour que le regard de Lord Kieran se rétrécisse avec intérêt.

— Je sais qu'il est un étudiant transféré d'une académie avancée de magie de glace, dis-je prudemment, en soutenant le regard de Lord Arcturus. Je sais qu'il est incroyablement doué et que nos magies fonctionnent bien ensemble. Au-delà de ça, je ne vois pas en quoi ses antécédents sont pertinents pour notre partenariat académique.

La lumière dorée autour de mes mains s'intensifia légèrement, et je réalisai qu'elle répondait à ma conviction. Pas seulement de l'énergie magique, mais quelque chose de plus profond — la vérité de ce que j'avais dit, l'honnêteté de mes sentiments pour Elian, indépendamment de son identité cachée.

— Intéressant, murmura Lord Kieran, mais il y avait quelque chose de calculateur dans son expression alors qu'il observait l'interaction de la lumière et du givre autour de nous.

La professeure Blitzen se racla la gorge, ramenant toute l'attention sur elle. Des éclairs dansèrent entre ses doigts alors qu'elle se penchait en avant, l'expression sérieuse. — Messieurs, bien que j'apprécie la gravité de cette situation, ce sont toujours mes étudiants. Je ne les laisserai pas se faire intimider dans mon bureau.

— Bien sûr que non, dit Lord Arcturus d'un ton suave, bien que le ton suggérât qu'il trouvait sa protection amusante. Nous essayons simplement de comprendre l'étendue de ce à quoi nous avons affaire. La magie que ces deux-là ont créée ensemble aujourd'hui était... sans précédent.

Pendant qu'il parlait, les motifs de givre sur les fenêtres se mirent à bouger et à changer, formant de nouvelles configurations qui semblaient raconter une histoire. Je vis des images de partenariats anciens, de glace et de flamme travaillant ensemble pour créer des merveilles qui défiaient les lois de la nature. La lumière dorée autour de mes mains y répondit, s'étirant vers les motifs de givre comme attirée par une force invisible.

— Sans précédent, comment ? demandai-je, sans être sûre de vouloir connaître la réponse.

Lord Kieran échangea un regard avec Lord Arcturus avant de répondre. Au moment où leurs yeux se croisèrent, l'atmosphère magique de la pièce s'intensifia — les livres sur les étagères se mirent à briller doucement, leurs reliures en cuir se réchauffant comme si elles étaient touchées par la lumière du soleil.

— La magie de glace royale possède certaines propriétés, Miss Prancer, dit Lord Kieran, sa voix portant un nouveau poids. Elle ne se contente pas de créer — elle transforme. Elle prend le potentiel brut d'une autre signature magique et l'élève au-delà de ses limites naturelles.

Les livres autour de nous pulsèrent plus vivement, comme s'ils répondaient à ses paroles. Je pouvais entendre des chuchotements émaner de leurs pages — pas des mots à proprement parler, mais quelque chose de plus profond. Une connaissance qui tentait de se libérer de ses anciennes reliures, des secrets qui exigeaient d'être entendus.

— Ce qu'il est en train de dire, ajouta doucement la professeure Blitzen, bien que ses cheveux crépitants suggérassent que sa propre magie réagissait à la puissance grandissante dans la pièce, c'est que votre magie a été amplifiée bien au-delà de ce qui aurait dû être possible pour une étudiante de première année. La barrière que vous avez créée aujourd'hui aurait pu résister à des attaques qui mettraient au défi des partenariats de niveau supérieur.

La vérité me frappa comme un coup physique. Je repensai à notre séance d'entraînement, à la façon dont la création de cette structure défensive m'avait semblé facile malgré sa complexité. Pas seulement un travail d'équipe — une transformation. Ma magie n'avait pas simplement fonctionné avec celle d'Elian ; elle était devenue quelque chose de totalement nouveau dans le processus.

Je la fixai, essayant de digérer les implications tandis que l'énergie dorée et argentée continuait de danser autour de nous en motifs de plus en plus complexes. — Donc notre compatibilité n'est pas seulement inhabituelle. Elle est impossible.

— Dans des circonstances normales, oui. Lord Arcturus s'adossa au mur, sa posture faussement décontractée alors même que le givre continuait de se propager depuis sa position. Mais la magie de glace royale fonctionne selon des règles différentes. Elle recherche des signatures magiques qui peuvent compléter et améliorer sa propre puissance. Autrefois, de tels partenariats étaient considérés comme des liens sacrés.

*Des liens sacrés.* Ces mots m'envoyèrent un frisson le long de la colonne vertébrale qui n'avait rien à voir avec la température. Autour de nous, le bureau était devenu un spectacle de lumières d'énergies magiques en interaction — des livres brillants, des motifs de givre mouvants, des éclairs crépitants, et à travers tout cela, les fils d'or et d'argent qui nous reliaient, Elian et moi, devenant plus forts et plus visibles.

— Cependant, poursuivit Lord Kieran, et la chaleur dans sa voix portait une note d'avertissement qui fit que ma magie recula instinctivement, de tels partenariats étaient aussi extrêmement rares et étroitement surveillés par la cour. Pour des raisons évidentes.

— Quelles raisons ? demanda Elian, bien que son ton suggérât qu'il connaissait déjà la réponse. Les motifs de givre sur les fenêtres avaient maintenant formé un mandala complexe, magnifique et d'une certaine manière menaçant.

— Parce que lorsque la magie de glace royale se lie complètement à une signature compatible, le pouvoir qui en résulte peut remodeler les fondations mêmes de la loi magique. Le sourire de Lord Arcturus était aussi affûté qu'une lame de rasoir, reflétant la lumière qui dansait autour de nous en arcs-en-ciel fracturés. Entre de mauvaises mains, un tel pouvoir pourrait renverser des gouvernements. Détruire le fragile équilibre qui a maintenu la paix entre les cours pendant des siècles.

Le bureau tomba dans un silence uniquement troublé par le doux bourdonnement des artéfacts magiques de la professeure Blitzen et la résonance presque musicale de nos énergies combinées. Je sentais mon cœur marteler ma poitrine alors que toute l'étendue de ce dans quoi nous étions tombés devenait claire.

La lumière dorée autour de mes mains pulsa au rythme de mon cœur, et je regardai l'énergie argentée d'Elian se synchroniser pour s'y accorder. Nous n'étions plus seulement des partenaires académiques — nous étions liés par la magie d'une manière qui menaçait apparemment la stabilité du monde magique tout entier.

— Alors, que va-t-il se passer maintenant ? demandai-je, surprise de la stabilité de ma voix malgré la tempête magique qui tourbillonnait autour de nous.

— Maintenant, dit Lord Kieran, et ses yeux pâles reflétaient les lumières dansantes comme des miroirs, nous allons discuter de vos options.

— Des options ? La voix d'Elian portait la première trace d'émotion que j'avais entendue de sa part depuis que nous nous étions assis. Autour de nous, la température chuta de manière notable, et les motifs de givre se mirent à pulser d'une lumière urgente.

— La cour vous observe depuis des années, Elian, expliqua Lord Arcturus, et avec ses mots, de nouvelles images se formèrent dans le givre sur les fenêtres — un jeune enfant emmené en pleine nuit, des refuges, une vie passée dans l'ombre. En attendant de voir si vous manifesteriez votre héritage. Jusqu'à aujourd'hui, nous nous contentions de vous laisser terminer vos études dans l'anonymat. Mais ceci change la donne.

Les images dans le givre se transformèrent pour montrer la destruction — des tours qui s'effondrent, des tempêtes magiques, des partenariats qui s'étaient terminés en catastrophe. Un avertissement, ou une menace.

— « Ceci » signifiant notre partenariat, dis-je d'un ton neutre, en regardant la lumière dorée se frayer un chemin à travers les motifs de givre, les réchauffant sans les faire fondre.

— « Ceci » signifiant l'éveil d'un pouvoir qui pourrait menacer la stabilité du royaume, corrigea Lord Kieran. Sa propre magie était maintenant visible — une énergie bleu foncé qui semblait absorber la lumière plutôt que la réfléchir. Un pouvoir qu'on ne peut laisser se développer sans contrôle.

Les cheveux de la professeure Blitzen avaient commencé à crépiter plus agressivement, créant une couronne d'énergie électrique autour de sa tête. — Et que suggérez-vous exactement ?

L'énergie magique dans la pièce atteignait un crescendo — des livres s'envolaient de leurs étagères pour tournoyer au-dessus de nos têtes, du givre recouvrait chaque surface, des éclairs crépitaient entre les doigts de la professeure Blitzen, et à travers tout cela, notre lien d'or et d'argent devenait si brillant qu'il projetait des ombres sur les murs.

— La séparation, dit simplement Lord Arcturus, et le mot tomba dans le chaos magique comme une pierre dans une eau calme. Tout devint silencieux — les livres volants, les éclairs crépitants, même notre connexion magique sembla vaciller à cette suggestion. Miss Prancer sera réassignée à un nouveau partenaire. Le prince Elian retournera à la cour pour un entraînement approprié au contrôle de la magie royale.

— Non. Le mot sortit de ma bouche avant que je ne puisse le retenir, et avec lui vint une éruption d'énergie dorée si brillante qu'elle aveugla temporairement tout le monde dans la pièce. Quand la lumière s'estompa, chaque livre du bureau brillait, les motifs de givre étaient devenus une carte complexe de connexions magiques, et l'air lui-même semblait vibrer de puissance.

Les deux lords se tournèrent pour me regarder avec des expressions de légère surprise, comme s'ils ne s'attendaient pas à ce que j'aie un avis sur la question.

— Pardon ? dit Lord Kieran, mais sa voix portait un respect nouveau mêlé à la surprise.

— Non, répétai-je en me levant de ma chaise. L'énergie dorée autour de moi s'intensifia, et je sentis le pouvoir argenté d'Elian s'élever pour le rejoindre. Vous ne pouvez pas nous séparer simplement parce que notre magie fonctionne trop bien ensemble. Nous n'avons rien fait de mal.

— Vraiment ? demanda Lord Arcturus doucement, mais je pouvais le voir observer notre énergie fusionnée avec calcul plutôt qu'avec peur. Vous avez réveillé un pouvoir qui sommeillait depuis des générations. Un pouvoir que certaines factions au sein de la cour tueraient pour contrôler.

— Alors peut-être que le problème n'est pas notre magie, rétorquai-je, mon tempérament l'emportant finalement sur ma prudence. Les livres qui tournoyaient au-dessus de nos têtes se mirent à briller plus fort, leurs pages bruissant comme s'ils étaient d'accord avec mes paroles. Peut-être que le problème est un système politique si fragile que deux étudiants travaillant ensemble menacent de le faire s'effondrer.

La température dans la pièce chuta brutalement.

De la glace commença à se former sur toutes les surfaces, mais ce n'était pas un gel aléatoire — c'étaient des motifs, des sceaux, un langage écrit dans le givre qui parlait de pouvoir et de protestation, et du refus d'être réduit au silence. Mais cela ne venait ni des lords, ni de la professeure Blitzen.

Cela venait d'Elian.

— Fais attention, Miss Prancer, dit-il calmement, bien que ses yeux fussent devenus presque blancs de puissance réprimée, et que l'air autour de lui miroitât d'une énergie à peine contenue. Certaines vérités sont plus dangereuses que d'autres.

La glace se propagea plus vite, créant une carte cristalline sur chaque surface qui semblait raconter l'histoire de notre partenariat — de ce premier instant de reconnaissance dans la cour à l'harmonie impossible que nous avions atteinte pendant l'entraînement. Beau, terrible, et complètement au-delà de la loi magique normale.

Je pouvais sentir la magie d'Elian appeler la mienne, cherchant la chaleur et la stabilité qui complèteraient le circuit entre nous. La lumière dorée autour de mes mains s'étira vers son énergie argentée comme du métal vers un aimant, et pendant un instant, je pouvais sentir ce qu'il ressentait — le poids des attentes royales, la peur de perdre la première véritable connexion qu'il ait jamais établie, l'espoir désespéré que d'une manière ou d'une autre, nous pourrions trouver un moyen de rester ensemble.

*Ne fais pas ça,* me dis-je. *C'est exactement ce dont ils ont peur.*

Mais ma magie avait d'autres idées. L'énergie dorée commença à tournoyer autour de mes mains, inexorablement attirée vers les motifs de givre qui se propageaient depuis la position d'Elian. Là où nos énergies se rencontraient, la glace devenait chaude au toucher sans fondre, et de nouveaux motifs se formèrent — pas de destruction, mais de création. De l'art. De la beauté. La preuve que notre partenariat pouvait construire plutôt que détruire.

— Fascinant, murmura Lord Arcturus, observant l'interaction avec un intérêt clinique plutôt qu'avec peur. Même sous un stress émotionnel, le lien cherche à se compléter. Et regardez — il ne crée pas le chaos. Il crée l'ordre. La beauté. L'harmonie.

Autour de nous, le bureau était devenu une galerie d'art magique. Chaque surface racontait l'histoire de notre partenariat en lumière et en glace, et les livres flottants s'arrangeaient en parfaits motifs géométriques au-dessus de nous. Cela aurait dû être chaotique, écrasant. Au lieu de cela, cela semblait être la chose la plus naturelle du monde.

— Ça suffit, dit la professeure Blitzen, mais sa voix contenait de l'émerveillement plutôt qu'un ordre. Des éclairs dansaient toujours autour d'elle, mais ils avaient pris des reflets dorés et argentés qui correspondaient à nos énergies. Vous deux, regardez autour de vous. Voyez ce que vous avez créé.

Je clignai des yeux, me concentrant sur autre chose qu'Elian pour la première fois depuis que nous étions entrés dans le bureau. La pièce était transformée — non pas détruite, mais élevée. Chaque objet magique était devenu partie d'un grand dessein qui parlait de partenariat et de possibilité plutôt que de chaos et de destruction.

— Voilà, dit la professeure Blitzen calmement, pourquoi certaines parties veulent vous séparer. Non pas parce que votre pouvoir est destructeur, mais parce qu'il est créatif. Parce qu'il prouve que les anciennes méthodes d'isolement magique ne sont pas la seule voie.

Lord Kieran fixait les motifs que nous avions créés, son expression indéchiffrable. — Cela change la donne, dit-il enfin.

— Comment ? demanda Lord Arcturus.

— Parce que ce n'est pas l'explosion magique chaotique dont on nous avait prévenus. C'est... de l'art collaboratif. Une harmonie inconsciente. Il nous regarda directement, Elian et moi, et pour la première fois, ses yeux pâles montrèrent autre chose que du calcul. C'est ce que les anciens partenariats étaient censés accomplir.

Alors que la crise immédiate passait et que notre magie commençait à se stabiliser en motifs fixes dans la pièce, je sentis quelque chose changer dans la dynamique politique. Nous n'avions pas seulement défendu notre partenariat — nous avions démontré sa valeur en des termes que même les observateurs de la cour ne pouvaient ignorer.

Mais l'effort nous avait coûté. Je sentais un goût de cuivre dans ma bouche, et quand je touchai mon nez, mes doigts revinrent humides de sang. À côté de moi, Elian vacilla légèrement, son sang-froid parfait se fissurant enfin alors que l'épuisement le frappait. Les magnifiques motifs que nous avions créés commençaient déjà à s'estomper, notre magie trop épuisée pour les maintenir.

— Alors, qu'est-ce que cela signifie ? demandai-je, ma voix plus rauque que je ne l'aurais voulu.

— Cela signifie, dit lentement Lord Arcturus, en regardant les manifestations magiques vaciller et s'éteindre, que la séparation n'est peut-être pas la seule option, après tout.

L'expression de Lord Kieran restait troublée, même s'il hocha la tête en signe d'accord. — Cependant, ajouta-t-il, sa voix portant un avertissement qui fit picoter ma conscience magique nouvellement sensible avec malaise, tout le monde à la cour ne sera pas aussi... reconnaissant de ce que vous avez démontré ici aujourd'hui. Certains considèrent tout défi à l'ordre établi comme un acte de guerre, peu importe la beauté de ce défi.

La question était de savoir si le monde magique était prêt pour ce que nous représentions, et si nous pouvions survivre assez longtemps pour prouver notre valeur à ceux qui voyaient de la beauté là où d'autres ne voyaient qu'une menace.

En regardant le bureau transformé, la beauté évanescente que nous avions créée inconsciemment, la façon dont même d'anciens ennemis politiques regardaient notre œuvre avec quelque chose qui approchait de l'admiration, je me suis dit que c'était peut-être le cas.

Mais l'avertissement de Lord Kieran résonnait dans mon esprit comme la promesse de tempêtes à venir.

# L'incident De La Salle D'étude

⤜⤏⤢

**E**LIAN

Le lendemain de notre confrontation avec les dignitaires de la cour, je me tenais à la fenêtre de ma tour, observant le campus s'animer en contrebas. Mon reflet dans la vitre de cristal paraissait tiré, pâle même pour un elfe du givre, et je pouvais voir l'épuisement qui persistait autour de mes yeux comme des ombres.

La tension magique de la rencontre de la veille m'avait laissé à vif, exposé. Chaque fois que je bougeais trop vite, une lumière argentée jaillissait involontairement du bout de mes doigts. Mes sens magiques étaient devenus hypersensibles — je pouvais détecter des signatures énergétiques à trois étages de distance, entendre les conversations chuchotées des étudiants qui passaient dans la cour en bas.

La confrontation avec Lord Arcturus et Lord Kieran avait brisé bien plus que notre construction défensive. Elle avait détruit l'illusion soigneusement entretenue que je pourrais terminer mes études dans l'anonymat, que je pourrais d'une manière ou d'une autre éviter les machinations politiques qui avaient défini chaque instant de ma vie depuis mes sept ans.

*Ils savent,* pensai-je, en touchant la lettre du Chancelier Arcturus qui reposait toujours sur mon bureau tel un serpent enroulé. *Ils ont toujours su. La question est de savoir ce qu'ils comptent faire à ce sujet.*

Un léger coup frappé à ma porte interrompit mes sombres pensées. Je fis un geste de la main, et la glace s'écarta pour révéler l'imposante silhouette du Professeur Glacier.

— Votre Altesse, dit-elle doucement en entrant dans la pièce avec une grâce surprenante pour quelqu'un de sa taille. Comment vous en sortez-vous ?

Cette adresse formelle me fit grimacer. Même ici, dans ce qui aurait dû être le sanctuaire de mes appartements privés, ma véritable identité pressait contre les murs, telle une bête en cage exigeant d'être libérée.

— J'ai connu des jours meilleurs, admis-je en m'éloignant de la fenêtre. La sensibilité magique est... intense.

— C'est un effet secondaire courant de la manifestation forcée de la Magie Profonde, dit-elle, ses yeux anciens m'étudiant avec inquiétude. Vos canaux magiques ont été étendus au-delà de leurs limites normales. Il faudra du temps pour vous y habituer.

*Du temps que je n'ai peut-être pas.*

— Professeur, dis-je avec précaution, combien de temps pensez-vous qu'il s'écoulera avant qu'ils n'exigent mon retour à la cour ?

Son expression s'assombrit. — Tout dépend de la menace que représente à leurs yeux votre partenariat. S'ils croient que l'influence de Mademoiselle Prancer vous rend plus fort, plus indépendant... Elle laissa sa phrase en suspens, mais l'implication était claire.

*Ils nous sépareront par tous les moyens nécessaires.*

Cette pensée fit s'agiter des spirales de glace sur le sol. La simple idée d'être arraché à Fiona, de perdre le premier lien authentique que j'avais ressenti en vingt ans, fragmenta dangereusement mon contrôle si durement acquis.

— Vous tenez à elle, observa le Professeur Glacier, et ce n'était pas une question.

— En effet. L'aveu sortit plus bas que je ne l'avais prévu. Plus que de raison, étant donné les circonstances.

— Peut-être que la raison n'est pas la considération la plus importante ici, dit-elle gentiment. Votre père croyait que certaines choses valaient tous les risques.

*Mon père.* Le roi Boreas, mort en essayant de restaurer la magie collaborative dans un monde qui la craignait. Qui avait cru que des partenariats comme le mien et celui de Fiona pourraient guérir les divisions entre les espèces magiques.

— Les croyances de mon père lui ont coûté la vie, dis-je d'un ton sec.

— Votre père était en avance sur son temps, corrigea-t-elle. Mais peut-être que son temps est enfin venu.

Avant que je ne puisse répondre, elle jeta un coup d'œil vers la fenêtre où les étudiants commençaient à se rassembler pour les séances d'entraînement de la journée. — Vous devriez aller la voir, dit-elle. Mademoiselle Prancer doit se demander où vous êtes.

*Fiona.* Le simple fait de penser à son nom propagea une chaleur à travers la glace qui recouvrait mes chambres depuis hier. Elle serait sur les terrains d'entraînement à présent, s'inquiétant probablement de mon absence, pensant peut-être même que je l'évitais à cause des complications politiques que mon identité avait introduites dans sa vie.

Rien ne pouvait être plus éloigné de la vérité.

Je la trouvai exactement là où je m'y attendais — debout au bord des terrains d'entraînement, son souffle formant de petits nuages dans l'air glacial. Même de loin, je pouvais voir la tension dans ses épaules, la façon dont sa signature magique vibrait d'une énergie agitée.

Dès que j'approchai, je sentis notre lien se mettre au point comme une boussole trouvant le nord. Le chaos hypersensible de mes canaux magiques se calma pour devenir quelque chose de gérable, le fond sonore constant s'estompant en un murmure.

*Elle me centre,* réalisai-je avec un mélange d'émerveillement et de terreur. *Même quand tout le reste s'effondre, elle me fait me sentir entier.*

— Tu es en avance, observai-je, bien que ma voix soit sortie plus rauque que je ne l'avais voulu.

— Toi aussi, répondit-elle, se tournant pour me faire face avec ces yeux directs qui semblaient voir à travers toutes les défenses que j'avais jamais érigées. Tu la ressens aussi ? La... sensibilité ?

*Entre autres choses.* — Tout semble amplifié, dis-je en me rapprochant. À mesure que la distance entre nous diminuait, la tension magique contre laquelle je luttais depuis le matin s'apaisa considérable-

63

ment. Les signatures magiques que je ne pouvais pas détecter avant me hurlent pratiquement dessus maintenant.

Son expression s'adoucit de compréhension. — Je continue d'avoir ces éclairs de conscience magique qui donnent l'impression que quelqu'un joue de la musique trop fort dans ma tête.

*Le prix à payer pour avoir dépassé nos limites normales,* pensai-je, me souvenant de l'explication du Professeur Glacier. Mais en regardant Fiona maintenant, en voyant la façon dont notre magie s'harmonisait naturellement même dans notre état actuel d'hypersensibilité, je découvris que je ne pouvais pas regretter ce que nous avions éveillé entre nous.

— Le prix de la... confrontation d'hier, dis-je à voix haute. Nos canaux magiques ont été étendus. Le Professeur Glacier dit qu'il faudra du temps pour s'y habituer.

— Est-ce une bonne ou une mauvaise chose ?

— Les deux, probablement. Je jetai un regard autour des terrains d'entraînement, mes sens aiguisés captant des signatures magiques familières qui rôdaient juste au-delà de la zone visible. Ça veut dire que nous sommes plus puissants, mais aussi plus vulnérables. Et plus visibles pour ceux qui savent quoi chercher.

*À ce propos...*

— On nous observe, dis-je doucement, ne voulant pas l'alarmer mais ayant besoin qu'elle comprenne l'ampleur de ce à quoi nous faisions face.

— Je les sens aussi, répondit-elle, sa voix à peine plus qu'un murmure. Au moins trois signatures différentes. Ils n'essaient pas vraiment de se cacher de sens améliorés.

Le fait qu'elle puisse détecter la surveillance de la cour avec une telle précision fit naître en moi un mélange de fierté et d'inquiétude. Fierté, car cela prouvait à quel point ses capacités avaient grandi. Inquiétude, car cela confirmait que la démonstration magique d'hier l'avait changée aussi fondamentalement que moi.

— Devrions-nous partir ? demanda-t-elle.

— Et aller où ? Ils nous suivront de toute façon. Je me rapprochai, assez près pour que quiconque nous observait pense que nous avions une conversation intime plutôt que de discuter des forces politiques qui s'alignaient contre nous. D'ailleurs, fuir ne ferait que confirmer que nous avons quelque chose à cacher.

La chaleur de sa proximité apaisa ce qui restait de chaos magique dans mon système. Quoi qu'il nous arrive, c'était plus facile à supporter quand nous étions ensemble.

— As-tu réfléchi à une stratégie pour aujourd'hui ? demandai-je, bien que mon attention soit partagée entre notre conversation et le catalogage de chaque signature magique dans un rayon de cent mètres.

— Je pensais qu'on pourrait commencer par des exercices de compatibilité de base, répondit-elle, imitant mon ton désinvolte tandis que son énergie dorée tourbillonnait en motifs défensifs que je pouvais sentir mais pas voir. Voir comment nos nouvelles... capacités affectent nos techniques habituelles.

*Sensé. Et prudent.* — Mais je dois te prévenir — tout semble différent maintenant. Plus fort. Plus... Je cherchai le mot juste.

— Intime, compléta-t-elle, les joues rougissantes.

*Oui.* Le lien entre nous avait évolué au-delà d'une simple compatibilité magique pour devenir quelque chose qui semblait essentiel, nécessaire. J'oubliais parfois où mon état émotionnel se terminait et où le sien commençait.

— Nous devrons être très prudents pour garder le contrôle, dis-je. Surtout avec un public.

Comme si mes paroles l'avaient invoquée, le Professeur Hoof apparut au bord des terrains d'entraînement, sa planchette griffonnant déjà des notes. Derrière elle vinrent d'autres silhouettes que je ne reconnus pas — d'autres observateurs de la cour, leurs robes formelles et leurs expressions calculatrices les marquant comme des fonctionnaires envoyés pour surveiller chacun de nos mouvements.

*Le prix de la révélation d'hier.*

— D'autres observateurs, marmonna Fiona.

— Le prix à payer pour avoir prouvé que nous sommes trop puissants pour être ignorés, répondis-je d'un ton sombre. Apparemment, la nouvelle de ce qui s'est passé dans le bureau du Professeur Blitzen s'est répandue.

À travers notre lien, je la sentis toucher son nez par réflexe, se souvenant du saignement qui avait marqué la fin de notre collaboration magique inconsciente.

— Tu penses qu'ils sont là pour nous arrêter ? demanda-t-elle.

— Je pense qu'ils sont là pour déterminer si nous valons le risque que nous représentons. Je trouvai sa main avec la mienne, et je sentis immédiatement notre connexion magique se stabiliser en quelque chose de plus fort que ce que l'un ou l'autre d'entre nous pourrait maintenir seul. Ce qui veut dire que nous devons prouver que nous le valons.

Mais alors que les observateurs de la cour se positionnaient autour des terrains d'entraînement comme des pièces sur un échiquier, je ne pouvais me défaire du sentiment que le jeu qui se jouait était bien plus complexe que Fiona ou moi ne le comprenions.

La vraie question n'était pas de savoir si nous étions assez forts pour relever les défis magiques à venir. C'était de savoir si nous étions assez malins pour naviguer dans les champs de mines politiques qui nous entouraient sans nous perdre — ou nous perdre l'un l'autre — en chemin.

En regardant Fiona, en voyant la détermination qui flamboyait dans ses yeux malgré la pression évidente sous laquelle nous étions, je sentis quelque chose qui aurait pu être de l'espoir commencer à s'allumer dans ma poitrine.

Quoi qu'ils nous lancent, nous y ferions face ensemble. Et peut-être, pour la première fois en vingt ans, cela suffirait.

# Famille De Cœur

F IONA
Trois semaines après le début de mon entraînement avec
Elian, je commençais enfin à sentir que j'avais ma place quelque
part.

Ce n'était pas seulement le partenariat — bien que notre collaboration magique fût devenue la chose la plus naturelle du monde, notre
glace et notre lumière s'entrelaçant comme si elles avaient été destinées à
se rencontrer. C'était tout le reste : les sessions d'étude tard dans la nuit
dans la salle commune du Pavillon des Métamorphes, les repas partagés
où le rire venait aussi facilement que la respiration, la certitude grandissante que j'avais trouvé les miens.

— Tu es différente, remarqua Brynn alors que nous rentrions de
notre cours de Théorie du Vol Avancé, notre souffle formant de petits
nuages dans l'air vif de l'après-midi. Plus... assurée, je suppose ? Comme
si tu avais arrêté d'essayer de prouver que tu mérites d'être ici.

Elle avait raison, même si je n'avais pas vraiment remarqué le changement s'opérer. Quelque part entre apprendre à faire confiance à la précision magique d'Elian et découvrir que l'humour pince-sans-rire de
Marcus complétait parfaitement ma tendance à l'excès de réflexion

dramatique, j'avais cessé de me sentir comme une impostrice vivant une vie qui n'était pas la mienne.

— Je crois que j'ai juste trouvé mon rythme, dis-je, puis je fis une pause, une pensée me frappant. En fait, non. Je crois que j'ai trouvé ma tribu.

Ce mot sonnait juste. Ce n'étaient pas seulement des camarades de classe ou des partenaires d'entraînement — c'étaient les personnes qui m'avaient vue au comble de ma frustration, de ma vulnérabilité, de ma plus glorieuse réussite, et qui avaient choisi de rester malgré tout.

— En parlant de tribu, dit Marcus, apparaissant à nos côtés avec l'efficacité silencieuse qui caractérisait son héritage de métamorphe harfang des neiges. Nous organisons une session impromptue de théorie magique dans la salle commune ce soir. Le professeur Hoof a donné ce projet de sortilège collaboratif, et je me suis dit qu'on pourrait s'y attaquer ensemble.

*Sortilège collaboratif.* Le devoir qui faisait paniquer la moitié de la promotion des premières années parce qu'il exigeait une synchronisation parfaite entre plusieurs signatures magiques. La plupart des étudiants peinaient à trouver des partenaires compatibles, mais notre petit groupe avait développé une harmonie si naturelle que le professeur Hoof avait commencé à nous prendre en exemple.

— Je suis partante, dis-je, sentant ce frémissement familier d'excitation qui accompagnait toute occasion de repousser nos limites magiques. Elian a dit qu'il pourrait nous rejoindre si sa session d'entraînement du soir avec le professeur Glacier se terminait tôt.

— Comment ça se passe ? demanda Brynn, et j'entendis dans sa voix l'inquiétude sincère qu'elle montrait chaque fois que le développement magique intensif d'Elian était évoqué. Le travail sur la magie de glace avancée, je veux dire. Il a toujours l'air complètement épuisé après ces sessions.

Grâce à notre lien, je pouvais sentir Elian dans la Frost Tower en ce moment précis — le poids familier de la concentration tandis qu'il enchaînait des exercices qui poussaient ses capacités à leurs limites. Le professeur Glacier l'aidait à développer le genre de contrôle précis qui serait nécessaire pour affronter les complications politiques qui l'attendaient après l'obtention de son diplôme.

— Il est plus fort qu'il ne le pense parfois, dis-je en choisissant mes mots avec soin. Il y avait encore des aspects du passé d'Elian qu'il ne m'appartenait pas de partager, mais je pouvais offrir la vérité de ce que j'observais. L'entraînement est intense, mais il l'aide à comprendre des capacités qu'il ne se soupçonnait pas.

Ce que je ne dis pas, c'était à quel point notre partenariat semblait accélérer son développement. Pendant nos sessions d'entraînement communes, la magie de glace d'Elian avait commencé à montrer des propriétés qui impressionnaient même le professeur Hoof — des structures si complexes et stables qu'elles semblaient défier la théorie magique fondamentale.

— Eh bien, il a de la chance de t'avoir comme partenaire, dit Marcus avec sa franchise caractéristique. J'ai vu plein de collaborations magiques échouer parce qu'une personne ne pouvait pas suivre le développement de l'autre. Vous deux, vous semblez en fait vous rendre mutuellement plus forts.

*Nous rendre mutuellement plus forts.* La phrase résonna à travers notre lien, et je sentis la brève pause dans la concentration d'Elian lorsque la pensée lui parvint, trois étages plus loin. À travers notre connexion, je perçus sa gratitude silencieuse pour le réseau de soutien qui s'était développé autour de nous deux.

— C'est l'objectif, répondis-je, bien que je commençais à comprendre que ce qu'Elian et moi avions construit ensemble était quelque chose de plus rare qu'une simple compatibilité magique.

Le temps d'arriver au Pavillon des Métamorphes, la nouvelle de la session d'étude impromptue s'était répandue. Je trouvai la salle commune en train de se remplir d'étudiants dont les signatures magiques étaient devenues aussi familières que celles de ma propre famille — Sera, la métamorphe panthère des neiges à l'intelligence féroce, Dylan, le renard polaire dont la magie de la terre complétait les capacités de tous les autres, Aria, la louve d'hiver dont les instincts protecteurs avaient fait d'elle la gardienne non officielle de notre groupe.

*Les miens,* pensai-je en les regardant s'installer autour de l'immense cheminée avec des livres, des notes et cette sorte de camaraderie facile qui ne pouvait être forcée. *Voilà à quoi ressemble une famille de cœur.*

— Très bien, dit Marcus en s'installant dans son fauteuil préféré avec

la feuille de devoir du professeur Hoof. Construction de barrière collaborative. Nous devons créer une structure défensive qui incorpore au
moins quatre signatures magiques différentes tout en maintenant sa
stabilité sous une attaque magique.

— On dirait un mardi comme les autres, pour moi, dit Brynn avec
un grand sourire, le feu de renard doré commençant déjà à danser
autour de ses doigts. Qui veut commencer ?

S'ensuivirent deux heures de la collaboration magique la plus naturelle que j'aie jamais connue. Pas le travail intense et concentré qu'Elian
et moi faisions pendant l'entraînement formel, mais quelque chose de
plus simple — de la magie partagée entre amis qui se faisaient entièrement confiance.

La magie de la terre de Sera fournit les fondations, solides et inébran-
lables. La magie de l'air de Marcus créa la structure, des courants invi-
sibles qui façonnaient et guidaient la formation de la barrière. La magie
du feu de Brynn ajouta de la flexibilité et de la réactivité, permettant à la
construction de s'adapter aux conditions changeantes. Ma magie de la
lumière s'entrelaça à travers le tout, reliant les différents éléments pour
former quelque chose de plus fort que n'importe quelle contribution
individuelle.

— C'est incroyable, souffla Aria alors que notre barrière collaborative prenait forme au-dessus de la table basse — un dôme de lumière
chatoyant qui pulsait au rythme combiné de nos signatures magiques. Je
peux sentir toutes vos capacités, mais je peux aussi sentir comment elles
fonctionnent ensemble.

*Ensemble.* Le mot qui était devenu central à tout ce que j'appréciais à
l'UPN, aux partenariats que j'avais formés, à la personne que je devenais.

— C'est ce qu'on est censé ressentir lors d'une collaboration, dis-je
en regardant le jeu des différentes énergies magiques dans notre
construction. Il ne s'agit pas seulement d'additionner des pouvoirs indi-
viduels, mais de créer quelque chose de entièrement nouveau.

À travers notre lien, je sentis que la session d'Elian avec le professeur
Glacier se terminait. Sa signature magique était fatiguée mais satisfaite,
portant cette résonance particulière qui vient d'une percée dans la
compréhension. Dans quelques minutes, il nous rejoindrait, ajoutant sa
magie de glace à notre travail collaboratif.

*Famille,* pensai-je alors que les conversations fusaient autour de moi — Marcus expliquant un concept théorique particulièrement complexe à Dylan, Brynn et Sera planifiant des explorations du campus pour le week-end, Aria aidant discrètement un première année en difficulté avec des techniques de métamorphose de base. *Voilà ce que l'on ressent quand on a une famille que l'on a choisie soi-même.*

Quand Elian apparut dans l'embrasure de la porte de la salle commune vingt minutes plus tard, des motifs de givre encore visibles sur sa robe d'entraînement formelle, toute la dynamique changea pour l'accueillir. Non pas que quiconque se sentît intimidé — nous nous étions tous habitués à sa présence au cours des dernières semaines — mais parce que notre collaboration magique s'étendit naturellement pour inclure sa magie de glace précise et puissante.

— Comment ça s'est passé ? demandai-je alors qu'il s'asseyait à côté de moi sur le canapé, assez près pour que nos signatures magiques commencent immédiatement à s'harmoniser.

— Productif, répondit-il, bien que je puisse sentir à travers notre lien que le professeur Glacier l'avait poussé plus durement que d'habitude. Le professeur Glacier dit que mon contrôle s'est considérablement amélioré depuis que nous avons commencé à nous entraîner ensemble.

— La magie de partenariat, observa Marcus, prenant des notes sur la construction de notre barrière pour son rapport de devoir. C'est fascinant de voir comment travailler en étroite collaboration avec quelqu'un peut accélérer le développement individuel.

— En parlant de ça, dit Sera, ses instincts de panthère des neiges ayant capté la subtile résonance magique qui nous entourait toujours, Elian et moi, quand nous étions ensemble. Ça te dérangerait d'ajouter ta magie de glace à notre barrière ? Je suis curieuse de voir comment elle s'intégrerait à ce que nous avons déjà construit.

Je sentis la brève hésitation d'Elian — pas de la réticence, mais l'évaluation prudente qui était devenue une seconde nature pour lui. Puis, à travers notre lien, je perçus sa décision de faire confiance à ces personnes qui étaient devenues importantes pour nous deux.

La glace commença à tourbillonner de ses mains, mais ce n'était pas la magie formelle et contrôlée de ses sessions d'entraînement. C'était une magie de glace façonnée par l'amitié, par le désir de contribuer à quelque chose de beau que nous créions tous ensemble.

Lorsque son pouvoir toucha notre barrière collaborative, la construction entière se transforma. Ce qui avait été une lumière chatoyante devint une œuvre d'art cristalline — de la glace, du feu, de la terre et de l'air entrelacés dans des motifs si complexes qu'ils semblaient raconter des histoires. Mais plus encore, je pouvais sentir les signatures magiques de chacun se renforcer au contact du pouvoir d'Elian, comme si sa magie de glace amplifiait nos capacités naturelles au lieu de les submerger.

— C'est..., commença Dylan, puis il s'interrompit, fixant la magnifique structure que nous avions créée ensemble.

— C'est de la magie collaborative de niveau royal, termina Aria doucement, et je sentis le moment où tous dans la pièce comprirent qu'ils assistaient à quelque chose sans précédent.

Mais au lieu de la peur ou de l'intimidation que j'aurais pu attendre, je vis de l'émerveillement sur leurs visages. La reconnaissance qu'ils faisaient partie de quelque chose de spécial, quelque chose qui pourrait se transformer en une véritable révolution.

— C'est de la magie de famille, dit simplement Brynn, et ses mots portaient le poids de la vérité, ce qui fit hocher la tête à tout le monde en signe d'accord. De la magie partagée entre des gens qui tiennent les uns aux autres.

À travers notre lien, je sentis la surprise d'Elian face à la facilité avec laquelle nos amis avaient accepté à la fois ses capacités et sa place dans notre groupe. Il avait passé tant d'années à s'attendre à l'isolement que l'acceptation sincère le prenait encore au dépourvu.

*C'est ça qui te manquait,* pensai-je en lui serrant la main alors que notre construction magique continuait d'évoluer au-dessus de nous, devenant plus belle à chaque minute qui passait. *Voilà ce que ça fait d'avoir des gens qui choisissent d'être à tes côtés.*

Alors que la soirée touchait à sa fin et que notre barrière collaborative se dissolvait finalement en étincelles de lumière qui dansaient dans la salle commune, je réalisai que quelque chose de fondamental avait changé. Il ne s'agissait plus seulement d'amitiés individuelles, ni même de mon partenariat avec Elian.

Nous étions devenus quelque chose de plus grand — un réseau de connexions qui renforçait toutes les personnes impliquées. Une famille de cœur qui s'était construite sur les fondations de la confiance et de la découverte magique partagée.

— Même heure la semaine prochaine ? demanda Marcus alors que les gens commençaient à rassembler leurs livres et leurs notes.

— Absolument, répondis-je, et je sentis l'accord unanime se propager à travers notre groupe. Bien que j'aie le sentiment que notre prochaine collaboration sera encore plus intéressante.

*Une famille de cœur,* pensai-je alors qu'Elian et moi montions les escaliers ensemble, nos signatures magiques vibrant encore de l'harmonie que nous avions créée. *Voilà ce que ça fait d'être enfin à la maison.*

Et en regardant derrière moi la salle commune où la lumière dorée du feu jouait sur des visages qui m'étaient devenus précieux, où les rires résonnaient encore de conversations allant de la théorie magique aux projets du week-end, en passant par ce genre de taquineries douces qui n'existent qu'entre des gens qui tiennent vraiment les uns aux autres, je sus que quels que soient les défis à venir, nous les affronterions ensemble.

Pas seulement Elian et moi, mais nous tous — une famille que nous avions choisie, une magie que nous avions partagée, des liens qui nous avaient rendus plus forts que n'importe lequel d'entre nous n'aurait pu l'être seul.

# Le Passé D'elian

ELIAN

Les rêves survenaient toujours lorsque j'étais le plus heureux.

Trois nuits après l'avertissement de Lord Kieran sur les paris et les ennemis, trois nuits après que Fiona m'eut regardé avec une loyauté si farouche qu'elle m'avait serré la poitrine d'une chaleur inconnue, le cauchemar familier m'a ramené de force dans le monde que je fuyais depuis vingt ans.

Je me tenais dans la Salle du Trône de Cristal de la Cour du Givre, mais j'avais de nouveau sept ans, mes petites mains pressées contre la balustrade de glace sculptée tandis que je regardais la scène se dérouler en contrebas. La salle du trône était magnifique, comme seul le pouvoir absolu pouvait en créer — des murs de glace vivante qui pulsaient d'une lumière intérieure, un plafond qui montrait les aurores boréales en mouvement perpétuel, et au centre de tout cela, le Trône de l'Hiver lui-même.

Sculpté dans un unique et énorme diamant et auréolé de givre éternel, le trône était mon droit de naissance. Aurait dû être mon héritage. Au lieu de cela, il était occupé par une silhouette dont je ne pouvais pas bien voir le visage, dont la présence emplissait la vaste chambre d'un froid qui n'avait rien à voir avec la magie de la glace, mais tout à voir avec l'absence de pitié.

— Le garçon devient trop puissant, dit une voix — celle du Chancelier Arcturus, mais plus jeune, ses cheveux d'argent encore striés de noir. La magie de la lignée se manifeste plus fortement à chaque génération. Si nous lui permettons d'atteindre la maturité...

— Il a sept ans, protesta une autre voix, et mon cœur se serra en reconnaissant Maître Wynne. Même en rêve, même en sachant comment cela se terminait, une partie de moi espérait que l'issue pourrait être différente. Il est un enfant qui a besoin de conseils, pas... de ce que vous proposez.

— C'est une menace, intervint une troisième voix, froide et calculatrice. Dans le rêve, je ne pouvais jamais voir clairement le visage de l'orateur, mais je savais que cette voix appartenait à quelqu'un dont le pouvoir rivalisait avec celui du trône lui-même. La magie du prince Elian a réagi à la tentative de couronnement quand il avait cinq ans. Cinq ans, et il a failli briser toutes les protections du palais. Que se passera-t-il quand il en aura quinze ? Vingt ?

La silhouette sur le trône se pencha en avant, et bien que je ne puisse pas voir son visage, je sentis le poids de son attention comme des éclats de glace sur ma peau. — Et qu'en est-il du roi Boreas ? Le père du garçon devient... instable. Ses rêves de collaboration magique, d'alliances avec les autres cours...

— Sont de dangereuses fantaisies qui menacent tout ce que nous avons bâti, acheva le Chancelier Arcturus. Les protocoles d'isolement nous ont protégés pendant trois siècles. Le désir du roi de « restaurer les anciennes voies » nous détruira tous.

*Les anciennes voies.* Même dans le rêve, l'expression résonnait d'une importance que je commençais seulement à comprendre. Mon père avait cru en la collaboration, en ce genre de partenariats magiques que Fiona et moi étions en train de recréer inconsciemment.

La scène changea, comme le font les rêves, et soudain, j'observais le dernier jour de mon père. Pas en tant que l'enfant de sept ans qui avait été emmené à la hâte par des serviteurs loyaux, mais avec la compréhension de quelqu'un qui avait passé des années à rassembler des fragments de vérité.

Le roi Boreas se tenait dans son cabinet privé, penché sur des textes anciens qui montraient des partenariats entre différentes espèces magiques. Ses yeux bleu glacier — si semblables aux miens — brillaient de possibilités tandis qu'il traçait des diagrammes de sorts collaboratifs interdits depuis des générations.

— Ça pourrait marcher, Elian, dit-il dans le vide, comme si j'étais là pour l'entendre. Les anciens partenariats, la façon dont la magie était censée circuler entre des cœurs consentants et des pouvoirs complémentaires. Nous pourrions guérir les dommages causés par des siècles d'isolement.

Il se tourna vers un portrait sur le mur — ma mère, la reine Crystalline, qui était morte en me mettant au monde. Ses yeux peints semblaient luire de leur propre lumière intérieure, et même dans le rêve, je sentis le poids d'un amour que je n'avais connu qu'à travers les souvenirs de mon père.

— Elle aurait compris, continua-t-il, la voix lourde de regret. Elle disait toujours que la magie de la glace était destinée à fournir une structure pour que d'autres éléments s'épanouissent, pas à les geler complètement. Que le pouvoir royal était destiné à élever les autres, pas à les maintenir au sol.

La porte du cabinet s'ouvrit à la volée, et le Chancelier Arcturus entra avec un contingent de gardes de la cour. Mais ce n'étaient pas les gardes de cérémonie dont je me souvenais de mon enfance — c'étaient les agents du Voile Brisé, leurs visages dissimulés derrière des masques de glace noire, leur magie rayonnant de menace.

— Votre Majesté, dit Arcturus, sa voix empreinte d'un faux regret. Je crains que le conseil n'ait voté. Vos récentes... expériences en magie collaborative ont été jugées trop dangereuses pour continuer.

Mon père se redressa, et pendant un instant, je vis toute la puissance de la Couronne d'Hiver se manifester autour de lui — pas seulement la magie de la glace, mais quelque chose de plus profond, de plus ancien, de plus fondamental. L'air lui-même semblait se cristalliser en réponse à sa volonté.

— Et qu'en est-il de mon fils ? demanda-t-il doucement.

— Le prince Elian sera... protégé. Éduqué dans l'usage approprié de ses capacités. Guidé loin de votre malheureuse fascination pour les anciens partenariats.

— Vous voulez dire emprisonné, dit mon père d'un ton neutre. Brisé. Transformé en une autre marionnette pour votre vision de ce que la Cour du Givre devrait être.

Les gardes se rapprochèrent, leurs armes auréolées d'une magie qui semblait mauvaise — de la glace corrompue, tordue en des formes qui n'avaient rien à voir avec la création ou la protection.

— Ça ne doit pas se terminer ainsi, Boreas, dit Arcturus,.et il y avait une tristesse sincère dans sa voix qui, d'une certaine manière, rendait tout pire. Abdiquez. Acceptez l'exil. Laissez le garçon grandir en sécurité loin des intrigues de la cour, et nous vous laisserons tous les deux en paix.

Le rire de mon père fut aussi tranchant que du cristal qui se brise. — Vous et moi savons pertinemment que c'est un mensonge. La magie de la lignée se manifestera, que je sois ici ou non. Et quand ce sera le cas, vous viendrez le chercher.

— Alors, vous avez fait votre choix.

Le rêve s'estompa, montrant des éclairs de violence que mon moi de sept ans avait été épargné de voir. La magie de la glace transformée en arme, des conseillers de confiance révélés être des ennemis, une salle du trône qui vira au rouge du sang de ceux qui avaient tenté de protéger leur roi.

Quand la scène se dissipa, j'observais depuis le passage des serviteurs Maître Wynne qui portait mon petit corps inconscient vers un portail caché. Le visage de mon tuteur était maculé de larmes et de sang, ses yeux habituellement bienveillants durcis par une fureur protectrice.

— Souviens-toi, murmura-t-il à mon corps endormi, que la magie est faite pour connecter, non pour contrôler. L'amour est plus fort que la peur. Et un jour, quand tu seras prêt, tu trouveras quelqu'un dont le pouvoir complètera si parfaitement le tien qu'ensemble, vous pourrez guérir ce que nous avons brisé.

Le portail s'embrasa, dévoilant des aperçus des maisons sûres et des refuges cachés qui deviendraient mon enfance. Mais alors que Maître Wynne s'avançait vers lui, le Chancelier Arcturus apparut derrière lui.

— Le garçon s'en va, dit calmement le Chancelier. Mais vous... vous lui avez rempli la tête de trop d'idées dangereuses sur la collaboration et le partenariat. Vous êtes un handicap maintenant.

— Ce n'est qu'un enfant...

— C'est un prince doté de la magie de lignée la plus puissante que nous ayons vue en cinq générations. Et grâce à votre enseignement, il croit que la magie devrait être utilisée pour la connexion plutôt que pour le contrôle. Les yeux pâles d'Arcturus étaient tristes mais implacables. Nous ne pouvons pas risquer qu'il grandisse et répète les erreurs de son père.

Maître Wynne ne résista pas quand les gardes le saisirent. Il jeta juste un dernier regard à mon corps endormi et murmura : — Trouve ta partenaire, petit prince. Trouve celle qui fait chanter ta magie de joie plutôt que de devoir. Et souviens-toi que tout ce qui en vaut la peine est dangereux.

*Tout ce qui en vaut la peine est dangereux.* La phrase qui allait devenir ma devise avec Fiona, prononcée par l'homme qui m'avait appris que la magie pouvait être belle au lieu d'être simplement puissante.

Le rêve se brisa comme il le faisait toujours, et je me réveillai en sursaut dans ma chambre au sommet de la Tour de Givre. La lumière de l'aube filtrait à travers les murs de cristal, peignant tout dans des tons de rose et d'or qui me rappelaient douloureusement la magie de Fiona.

Mais cette fois, au lieu du poids familier du chagrin et de la culpabilité, je ressentis autre chose : la compréhension.

Mon père n'était pas mort parce qu'il était faible ou stupide. Il était mort parce qu'il avait envisagé exactement ce que Fiona et moi étions en train de construire ensemble — un partenariat qui transcendait les barrières artificielles entre les types de magie, qui prouvait que la collaboration était plus forte que l'isolement.

Et Maître Wynne n'avait pas disparu parce qu'il était un handicap. Il avait été éliminé parce qu'il m'avait appris à croire en la chose même que le Voile Brisé craignait le plus : l'idée que l'amour et la confiance pouvaient créer une magie plus puissante que la peur et le contrôle.

*Trouve ta partenaire,* avait-il dit. *Trouve celle qui fait chanter ta magie de joie plutôt que de devoir.*

Je pensai à Fiona, endormie au Pavillon des Métamorphes, rêvant probablement de trajectoires de vol de rennes ou de théorie magique avancée. Je pensai à la façon dont notre magie s'écoulait ensemble comme les deux moitiés d'une chanson, à sa loyauté farouche et à son courage obstiné, à la façon dont elle me regardait comme si j'étais quelqu'un pour qui il valait la peine de se battre plutôt qu'un atout politique à gérer.

*Je l'ai trouvée,* pensai-je à la mémoire de Maître Wynne. *J'ai trouvé ma partenaire. Maintenant, que faire de ce cadeau ?*

La réponse vint avec la certitude de la lumière du matin : *Tout ce qui en vaut la peine est dangereux. Et elle en vaut vraiment la peine.*

Mais il y avait autre chose dans les suites du rêve, quelque chose qui me glaça plus que n'importe quel cauchemar : la connaissance que le Voile Brisé était toujours là, agissant toujours pour empêcher exactement ce que Fiona et moi étions en train de créer. Ils avaient tué mon père et fait disparaître mon tuteur pour empêcher la magie collaborative de revenir dans le monde.

Ils n'hésiteraient pas à nous éliminer s'ils pensaient que nous représentions la même menace.

Alors que je m'habillais et me préparais pour une autre journée d'entraînement sous observation constante, je pris une décision qui aurait terrifié le prince de sept ans mais qui semblait naturelle au jeune homme que j'étais devenu : j'allais tout dire à Fiona.

À propos de la vision de mon père pour la collaboration magique. À propos des leçons de Maître Wynne sur le partenariat et l'amour. À propos de la vraie raison pour laquelle j'avais été caché pendant vingt ans, et des forces qui s'aligneraient contre nous si nous continuions sur cette voie.

Elle méritait de savoir pour quoi nous nous battions vraiment — et contre quoi nous nous battions.

Aimer Fiona Prancer — lui confier mon cœur, ma magie et le rêve de mon père — valait vraiment le risque.

Même si cela signifiait affronter les mêmes forces qui avaient détruit tous ceux auxquels j'avais jamais tenu.

*Surtout* si cela signifiait cela.

Parce que cette fois, je ne les affronterais pas seul.

# Secrets Et Étincelles

~~~

FIONA

J'ai trouvé Elian dans l'observatoire de la Tour de Givre, un dôme cristallin tout au sommet du bâtiment qui offrait une vue à trois cent soixante degrés sur le campus. Il me tournait le dos, les mains jointes derrière lui, contemplant le ciel peint d'aurores boréales, mais il y avait quelque chose de différent dans sa posture. Moins maîtrisée, plus accablée par des pensées qui semblaient trop lourdes pour quelqu'un de son âge.

La semaine passée n'avait été qu'un enchaînement confus de sessions d'entraînement intensifiées, de surveillance constante, et de la prise de conscience grandissante que notre connexion magique renforcée nous changeait d'une manière que ni l'un ni l'autre ne comprenions entièrement. Mes sens magiques hypersensibles pouvaient désormais le percevoir à trois étages de distance — son état émotionnel, ses niveaux d'énergie magique, et même la façon particulière dont son pouvoir résonnait lorsqu'il était plongé dans ses pensées.

Aujourd'hui, cette résonance portait une note sous-jacente de mélancolie mêlée à autre chose — de la détermination, peut-être, ou les séquelles de décisions difficiles. Le genre de signature émotionnelle qui suggérait qu'il avait passé la nuit à lutter avec des souvenirs qu'il aurait préféré oublier.

— La vue d'ici est incroyable, ai-je dit doucement, ne voulant pas le surprendre.

Il s'est retourné, et j'ai été frappée de voir comment la lumière éthérée filtrant à travers les murs de cristal semblait illuminer non seulement ses traits, mais aussi quelque chose de plus profond — une vulnérabilité que son sang-froid habituel ne laissait jamais transparaître. La tension magique de nos récentes démonstrations avait aussi laissé des marques sur lui. Il y avait de légères ombres sous ses yeux pâles, et ses cheveux argentés, bien que toujours parfaitement coiffés, semblaient porter des motifs de givre qui changeaient au gré de ses émotions.

— Fiona. Le soulagement a traversé ses traits, et à travers notre lien, j'ai senti la façon dont ma présence apaisait quelque chose de tendu et d'anxieux dans sa poitrine — mais aussi comment ce soulagement était teinté de quelque chose de plus lourd. Je n'étais pas sûr que tu viendrais me chercher.

— Où veux-tu que j'aille ? je me suis avancée pour me tenir à ses côtés, assez près pour sentir l'énergie fraîche qui l'entourait toujours, mais aussi assez près pour offrir la chaleur qu'il semblait désirer. Notre connexion magique s'est harmonisée automatiquement, mais je pouvais sentir des courants sous-jacents d'émotions non résolues qui n'étaient pas là auparavant. Nous sommes partenaires, tu te souviens ? Bien que tu aies l'air d'avoir lutté contre des fantômes toute la nuit.

Il s'est tourné pour me regarder, et j'ai été frappée par quelque chose de brut dans son expression — pas seulement la vulnérabilité que son sang-froid habituel ne laissait jamais transparaître, mais quelque chose qui ressemblait aux séquelles d'un vieux chagrin, ravivé.

— Partenaires, a-t-il répété, et quelque chose dans son ton m'a poussée à le regarder de plus près. À travers notre lien renforcé, je pouvais percevoir les couches de signification de ce mot — partenariat académique, collaboration magique, et quelque chose de plus profond qu'aucun de nous n'avait encore eu le courage de nommer.

— Tu as réfléchi, ai-je observé, remarquant la façon dont des motifs de givre s'étaient formés sur les surfaces de cristal de l'observatoire en spirales complexes et mélancoliques qui semblaient faire écho à ce dont il se souvenait.

— Une habitude dangereuse, je sais. Le coin de sa bouche s'est contracté dans ce qui aurait pu être un sourire, mais ses yeux restaient lointains, chargés du poids du souvenir. Les rêves sont revenus la nuit dernière. Plus forts cette fois. Plus... complets.

*Les rêves.* La façon dont il l'a dit indiquait clairement qu'il ne s'agissait pas de cauchemars ordinaires, mais de quelque chose de plus profond. De plus significatif.

— À propos de ton passé ? ai-je demandé gentiment.

L'entraînement de la veille avait consisté à créer une barrière défensive qui était restée stable pendant vingt minutes sous un assaut magique soutenu — un exploit qui aurait dû être impossible pour des étudiants de première année, selon les notes incrédules du professeur Hoof sur son presse-papiers. Les observateurs avaient pris de nombreuses mesures, et j'avais surpris au moins trois officiels de la cour en train de discuter à voix basse de ce que nos capacités pourraient signifier pour la « stabilité régionale ».

Je l'ai mis au courant de la surveillance accrue, des messes basses entre les officiels, et du sentiment grandissant que nous étions évalués à des fins qui n'avaient rien à voir avec les études. À chaque détail, l'expression d'Elian devenait plus troublée, et les motifs de givre sur les murs de cristal s'agitaient davantage.

— Et Lysander ? a-t-il demandé tranquillement.

— Il se lie d'amitié avec des gens en robes coûteuses, ai-je répondu d'un air sombre. Des gens qui posent beaucoup de questions sur nos emplois du temps d'entraînement et nos évaluations de compatibilité magique.

Les mains d'Elian se sont légèrement crispées sur ses flancs, et la température de l'observatoire a chuté de plusieurs degrés. À travers notre lien, je pouvais sentir sa colère — non pas le genre de colère chaude et explosive, mais la fureur froide et maîtrisée de quelqu'un qui avait appris très tôt que les démonstrations d'émotion pouvaient être fatales.

— J'aurais dû m'y attendre, a-t-il dit, sa voix chargée d'une amertume qui m'a fendu le cœur. Rien de bon dans ma vie n'a jamais pu rester simple.

L'aveu était si brut, si peu gardé, que pendant un instant, j'ai oublié la surveillance, la politique et la pression constante sous laquelle nous étions. Ce n'était que lui, Elian — pas le prince des glaces ou l'héritier caché, mais un jeune homme qui avait passé la plus grande partie de sa vie à s'attendre à la déception.

— Dis-moi, ai-je dit tranquillement, en m'asseyant sur la banquette de fenêtre rembourrée qui formait un arc de cercle dans une partie de l'observatoire. Dis-moi de quoi tu as vraiment peur.

Il est resté silencieux un long moment, ses yeux pâles perdus dans ses souvenirs. Quand il a pris la parole, sa voix portait le poids d'un chagrin qui avait été soigneusement enfoui pendant des années.

— Quand j'avais sept ans, j'avais un tuteur nommé Maître Wynne. Il était gentil avec moi — le premier adulte à m'avoir jamais traité comme un enfant plutôt que comme un atout ou un handicap politique. Le souffle d'Elian s'est embué dans l'air qui se refroidissait tandis qu'un vieux chagrin refaisait surface. Il m'a appris que la magie devait être joyeuse, collaborative. Que les meilleurs sorts étaient créés par le partenariat et la confiance.

J'ai attendu, sentant qu'il y avait plus à l'histoire, et que cela ne se terminerait pas bien.

— Quand mon gardien a découvert nos leçons, Maître Wynne a disparu. Simplement... parti. Je ne l'ai plus jamais revu. Les motifs de givre sur les murs étaient devenus déchiquetés, pénibles à regarder. On m'a dit que faire confiance trop facilement, se soucier trop, nous tuerait tous les deux, moi et toute personne à laquelle je tenais.

*Gardien.* Pas parent, pas professeur. Gardien. Le mot suggérait quelqu'un qui avait eu de l'autorité sur lui, mais pas nécessairement de l'amour.

— Qui était ton gardien ? ai-je demandé prudemment.

— Quelqu'un qui croyait que l'isolement était la sécurité, que les liens émotionnels étaient des faiblesses à exploiter. Sa mâchoire s'est légèrement contractée. Quelqu'un qui a passé treize ans à m'apprendre que la seule façon de survivre était de n'attendre rien de personne, de ne faire entièrement confiance à personne.

Le poids de sa confession s'est installé entre nous comme une présence physique. À travers notre lien, je pouvais sentir comment cette leçon l'avait façonné — la distance prudente qu'il maintenait, les murs qu'il avait construits pour se protéger, ainsi que les autres, des conséquences de l'affection.

— J'ai passé les treize années suivantes à apprendre à être seul. À apprendre à ne rien attendre de personne, à ne faire entièrement confiance à personne. Ses yeux pâles ont rencontré les miens, et j'y ai vu des décennies de solitude se refléter. Et puis je suis venu ici. Et je t'ai rencontrée.

Ma gorge s'est nouée d'émotion. — Elian...

— Tu m'as fait me souvenir de ce que Maître Wynne m'avait appris — que la magie est censée être une question de connexion, de trouver quelqu'un dont le pouvoir complète le tien si parfaitement qu'ensemble, vous pouvez créer des choses qu'aucun de vous ne pourrait accomplir seul. Il s'est rapproché, assez près pour que je puisse voir les éclats d'argent dans ses yeux bleu glacier. Tu m'as donné envie de faire confiance à nouveau. Tu m'as fait me souvenir de ce que l'on ressent quand la magie reconnaît quelque chose qu'elle cherchait.

La phrase a résonné entre nous — les mêmes mots que j'avais utilisés des semaines auparavant pour décrire ce premier moment de reconnaissance dans la cour. Mais maintenant, ils portaient tellement plus de poids, englobant non seulement la compatibilité magique, mais aussi une vérité émotionnelle.

— Mais ? ai-je insisté, entendant l'hésitation dans sa voix et sentant à travers notre lien qu'il y avait des vérités plus profondes avec lesquelles il luttait encore.

— Mais je me souviens de ce qui est arrivé à Maître Wynne. Et je me demande si me soucier de toi ne va pas te mettre dans le même genre de danger. Il a fait une pause, son expression devenant troublée. Il y a des choses sur mon passé, sur la vraie raison de ma présence à l'UPN, qui rendent notre partenariat... politiquement compliqué.

*Politiquement compliqué.* La formulation prudente suggérait des profondeurs que je ne faisais qu'entrevoir.

— Tu n'es pas obligé de tout me dire aujourd'hui, ai-je dit doucement. Mais Elian, quel que soit ton passé, quelle que soit la raison qui t'a amené ici — je n'ai pas peur de ce qui est compliqué. J'ai peur de perdre ce que nous avons construit ensemble.

La peur dans sa voix était si brute qu'elle m'a serré la poitrine. Je me suis levée de la banquette et me suis placée face à lui, assez près pour que nos auras magiques se chevauchent, créant ces spirales familières d'or et d'argent dans l'air entre nous.

— Regarde-moi, ai-je dit fermement. Regarde-moi vraiment.

Il l'a fait, et à travers notre lien renforcé, je me suis ouverte complètement — je l'ai laissé sentir non seulement mes émotions, mais aussi ma détermination, ma certitude, mon absence totale de peur quant au chemin que nous empruntions ensemble.

— Je ne suis pas Maître Wynne, ai-je dit tranquillement. Je ne vais nulle part. Quoi qu'il arrive, nous y ferons face ensemble.

— Tu ne comprends pas ce que tu dis. Les gens qui veulent utiliser ou éliminer notre partenariat — ils ont des ressources, du pouvoir, de l'influence qui...

— Qui quoi ? Qui me font peur au point d'abandonner la chose la plus importante qui me soit jamais arrivée ? Je me suis rapprochée, assez près pour sentir son souffle sur ma joue. Elian, avant de te rencontrer, j'étais terrifiée par ma propre ombre. Terrifiée de ne jamais être à la hauteur, de ne jamais répondre aux attentes de ma famille, de ne jamais trouver ma propre voie.

La lumière dorée autour de mes mains devenait plus vive, répondant à l'intensité de mes émotions. — Tu n'as pas seulement éveillé des capacités magiques que j'ignorais posséder. Tu m'as éveillée, *moi*. La personne que j'étais censée être.

Son souffle s'est coupé, et à travers notre lien, j'ai senti le moment où son contrôle minutieux a commencé à se fissurer. Pas de colère ou de peur, mais d'espoir — un espoir dangereux et magnifique que peut-être, juste peut-être, cette fois serait différente.

— Tout ce qui en vaut la peine est dangereux, ai-je dit, reprenant les mots qui étaient devenus notre pierre de touche. Mais Elian, ce que nous avons — ce n'est pas seulement quelque chose qui en vaut la peine. C'est extraordinaire. Et je préférerais mourir en me battant pour quelque chose d'extraordinaire plutôt que de vivre en sécurité avec quelque chose d'ordinaire.

— Je ne peux pas te perdre, a-t-il murmuré, et la vulnérabilité dans sa voix m'a serré le cœur. Pas après t'avoir trouvée. Pas après avoir appris ce que c'est d'avoir quelqu'un qui comprend complètement ma magie.

— Alors ne me perds pas, ai-je simplement répondu. Choisis de croire que je suis assez forte pour gérer toutes les conséquences qui découleront du fait de tenir à toi. Choisis de croire qu'ensemble, nous sommes plus puissants que toutes les forces qui veulent nous déchirer.

*Ce que nous pourrions devenir ensemble*, ai-je pensé, me souvenant de ses paroles lors de cette première conversation dans la bibliothèque, quand tout semblait impossible. Maintenant, debout ici avec la magie tourbillonnant autour de nous et l'amour enfin reconnu entre nous, je comprenais ce qu'il avait vu même alors — pas seulement un potentiel magique, mais la possibilité d'une transformation. De devenir plus que ce que nous pourrions être seuls.

Pendant un long moment, nous sommes restés là, dans l'observatoire de cristal, entourés par les aurores boréales et la manifestation visible de notre lien magique. Les motifs de givre sur les murs s'étaient transformés, passant de formes douloureuses et déchiquetées à quelque chose de magnifique — des mandalas en spirale qui semblaient raconter l'histoire de la confiance choisie plutôt que la peur, de la connexion choisie plutôt que l'isolement.

— Je n'ai jamais fait confiance à quelqu'un comme je te fais confiance, a finalement dit Elian, et je pouvais sentir qu'il faisait le choix conscient d'embrasser le risque plutôt que de s'en détourner. Ça me terrifie et m'excite à parts égales.

— Tant mieux, ai-je dit avec un sourire. Ça veut dire que c'est important.

Il a levé la main pour toucher mon visage, le bout de ses doigts frais contre ma joue mais portant une chaleur sous la surface. — Je t'aime, a-t-il dit doucement, et cette fois, l'aveu n'a pas semblé le surprendre. Pas seulement ta magie, pas seulement la façon dont nous nous complétons à l'entraînement. J'aime ton courage, ta détermination, ton incapacité totale à reculer devant un défi.

Les mots m'ont frappée comme une force physique, envoyant des spirales de lumière dorée à travers l'observatoire selon des motifs qui correspondaient au rythme de mon cœur soudainement emballé. — Je t'aime aussi, ai-je dit, et j'ai senti la vérité de ces mots résonner à travers notre lien jusqu'à ce que l'air même autour de nous se mette à chanter en harmonie.

Quand il m'a embrassée, c'était avec l'intensité désespérée de quelqu'un qui avait passé trop de temps à avoir peur de désirer quoi que ce soit. La réaction magique a été immédiate et écrasante — une explosion de lumière dorée et argentée autour de nous, des motifs de givre parcourant chaque surface, les aurores boréales au-dessus de nous s'intensifiant jusqu'à ce que tout l'observatoire flamboie de couleurs.

Mais cette fois, au lieu du débordement chaotique que nous avions connu auparavant, notre magie s'est entrelacée en parfaite synchronisation. Pas seulement de la compatibilité, mais un véritable partenariat — deux moitiés de quelque chose de plus grand, s'autorisant enfin à être complètes.

Quand nous nous sommes séparés, essoufflés et étourdis par l'intensité magique, l'observatoire avait été transformé. Chaque surface de cristal montrait des images de notre avenir magique commun — non pas des visions de destruction ou de chaos politique, mais des scènes de création, de collaboration et de guérison d'anciennes divisions entre les traditions magiques.

— Eh bien, a dit Elian, la voix rauque d'émotion et de résonance magique persistante, je suppose que la subtilité n'est plus une option.

J'ai ri, ivre de soulagement, de pouvoir et de la simple joie d'admettre enfin ce que nous ressentions tous les deux. — Quand est-ce que quoi que ce soit concernant notre partenariat a été subtil ?

— C'est juste. Il m'a attirée plus près, et je pouvais sentir notre connexion magique s'installer dans une nouvelle configuration — plus profonde, plus forte, permanente d'une manière qui dépassait les affectations académiques ou les nécessités politiques. Bien que je soupçonne que cela va considérablement compliquer les choses.

À travers les murs de cristal, je pouvais voir du mouvement sur le campus en contrebas — des silhouettes en robes de cérémonie se déplaçant avec détermination, leur attention focalisée sur le spectacle de lumière que nous venions de créer. Notre déclaration d'amour n'était pas passée inaperçue, et à en juger par la vitesse de leur réaction, elle n'était pas perçue comme un geste romantique.

— Qu'ils viennent, ai-je dit, me surprenant moi-même par la férocité de ma voix. Quoi qu'ils prévoient, quelles que soient les menaces qu'ils veuillent proférer, ils arrivent trop tard. Ce n'est plus seulement un partenariat, c'est un lien. Et des liens comme celui-ci ne se brisent pas facilement.

Le sourire d'Elian était brillant, dépourvu de sa retenue habituelle. — Non, a-t-il convenu, en effet.

Alors que des silhouettes commençaient à converger vers la Tour de Givre depuis plusieurs directions, je n'ai pas ressenti de peur, mais de l'anticipation. Parce que pour la première fois depuis le début de cette improbable aventure, Elian choisissait la confiance plutôt que l'isolement qu'on lui avait appris à considérer comme une sécurité. Il choisissait de croire que ce que nous avions construit ensemble valait tous les risques qui l'accompagnaient.

Nous étions exactement ce que nous étions censés être dès l'instant où nos noms sont apparus ensemble sur ce tableau de cristal : des partenaires dans tous les sens du terme, prêts à affronter tout ce qui viendrait avec la force combinée de la magie et de l'amour.

*Tout ce qui en vaut la peine est dangereux,* ai-je pensé, comprenant maintenant que c'était le dernier cadeau de Maître Wynne à son élève — pas seulement une philosophie, mais la permission de choisir la connexion malgré le coût. *Et ça, ça en vaut vraiment la peine.*

Mais alors qu'Elian me serrait contre lui, son expression devenant sérieuse au son des voix qui approchaient en écho dans l'escalier de la tour, je savais que les vérités plus profondes — sur son identité, sur les forces qui avaient façonné sa vie, sur la véritable ampleur de ce à quoi nous étions confrontés — attendaient encore d'être partagées.

— Quand ce sera fini, a-t-il dit doucement, quand nous aurons réglé cette dernière crise, j'ai plus de choses à te dire. Des choses qui t'aideront à comprendre pourquoi notre partenariat est plus qu'une simple question de compatibilité magique.

— Je serai prête, ai-je promis, et je le pensais complètement.

La question était de savoir si nous aurions l'occasion de découvrir ces vérités plus profondes, ou si les forces qui se rassemblaient à l'extérieur de la Tour de Givre forceraient les révélations avant que l'un de nous deux ne soit préparé.

Mais en regardant Elian, en voyant l'amour et la détermination qui avaient remplacé sa peur, en sentant la certitude absolue de notre lien vibrer sous ma peau, je me suis dit que nous pourrions bien être assez forts pour gérer toutes les vérités à venir.

Que nous soyons prêts pour elles ou non.

Mais c'est l'éclat soudain d'une lumière cramoisie à l'extérieur de l'observatoire qui m'a glacé le sang.

Haut au-dessus du campus, un sceau ardent était apparu dans le ciel peint d'aurores — le symbole antique de l'Ordre du Voile Brisé. Tandis que nous regardions, le symbole a pulsé une fois, deux fois, puis a commencé à descendre lentement vers la Tour de Givre comme une étoile filante de jugement.

— Ils ne viennent pas pour discuter, a dit Elian tranquillement, sa voix portant ce calme létal qui signifiait que son entraînement royal prenait le dessus.

En dessous de nous, l'entrée principale de la tour a volé en éclats dans un bruit de cristal brisé. Une silhouette en robes noir de jais a franchi le seuil, se déplaçant avec une grâce fluide malgré les contraintes magiques évidentes intégrées au bâtiment. Alors que des motifs de givre fuyaient ses pas, j'ai aperçu des yeux qui brûlaient d'un feu froid sous une capuche relevée.

L'Ordre du Voile Brisé était venu nous réclamer.

# Mésaventure Magique

ᖇᖇᐉᐧᐧᐧᓷ

**E**LIAN

La séance d'entraînement matinale a commencé comme n'importe quelle autre, mais je pouvais sentir quelque chose de différent dans la signature magique de Fiona avant même que nous commencions. Il y avait une tension sous-jacente, une énergie agitée qui faisait vaciller sa magie dorée de manière imprévisible sur les bords.

— Tout va bien ? ai-je demandé tandis que nous prenions nos positions dans l'arène d'entraînement. La visite de l'Ordre du Voile brisé, trois jours plus tôt, nous avait tous deux laissés sur les nerfs, bien que nous n'ayons pas parlé directement de ce que leurs avertissements énigmatiques pourraient signifier.

— Ça va, a-t-elle répondu, mais j'entendais la tension dans sa voix. — Juste fatiguée. Je n'ai pas bien dormi.

Moi non plus. Les rêves étaient devenus plus fréquents : des souvenirs de la Cour du Givre, des fragments des derniers jours de mon père, la disparition de Maître Wynne. Mais plus que ça, je me débattais avec la certitude croissante que mon anonymat si soigneusement préservé s'effritait. L'Ordre savait qui j'étais. Combien de temps avant que d'autres ne le sachent aussi ?

La professeure Hoof s'est approchée avec son éternel presse-papiers, son expression mêlant l'encouragement à ce genre d'attention concentrée qui signifiait que l'exercice du jour serait exigeant.

— Construction de barrière avancée, a-t-elle annoncé. — Aujourd'hui, nous allons travailler sur des défenses multicouches capables de s'adapter à différents types d'attaques magiques. Mademoiselle Prancer, vous assurerez la flexibilité et la réactivité. Monsieur Frost, vous ancrerez la structure avec précision et stabilité.

J'ai hoché la tête, puisant déjà dans ma magie. Le froid familier s'est répandu dans mes mains tandis que la glace commençait à s'étendre en spirales de motifs géométriques. Mais alors que je commençais à établir la structure de notre barrière, j'ai senti la magie de Fiona déferler vers la mienne avec une intensité inhabituelle.

Quelque chose n'allait pas.

Son énergie dorée, d'ordinaire chaude et stable, crépitait de courants chaotiques qui témoignaient d'un tumulte émotionnel à peine contenu. Lorsque nos magies se sont touchées, au lieu du mélange harmonieux auquel nous nous étions habitués, il y a eu une dissonance discordante qui m'a fait mal aux dents.

— Fiona, ai-je dit à voix basse, ne voulant pas attirer l'attention de la professeure Hoof. — Retire-toi un peu. Ton énergie est...

— Je sais ce que je fais, a-t-elle lancé sèchement, en déversant plus de puissance dans la connexion.

Mais elle ne le savait pas. Je le sentais à travers notre lien – la façon dont sa magie répondait à des peurs et des angoisses qu'elle n'avait pas exprimées à voix haute. Quelle que soit la source de cette intensité, elle la poussait au-delà des limites de sécurité.

La barrière que nous tentions de créer a commencé à se déstabiliser. Ce qui aurait dû être des murs lisses de lumière cristallisée est devenu des formations déchiquetées et imprévisibles qui pulsaient d'une énergie à peine contenue. Les autres étudiants dans l'arène d'entraînement ont commencé à reculer alors que la pression magique atteignait des niveaux dangereux.

— Mademoiselle Prancer, a lancé la professeure Hoof, la voix aiguisée par l'inquiétude. — Réduisez votre débit. Votre signature devient erratique.

— Je peux le gérer, a répondu Fiona les dents serrées, mais je voyais des perles de sueur sur son front malgré le froid. Sa magie échappait à son contrôle, s'autoalimentant dans une boucle de rétroaction qui gagnait en force à chaque seconde.

C'est à ce moment-là que j'ai compris ce qui allait se passer. L'énergie chaotique qui s'accumulait dans notre construction commune n'allait pas simplement s'effondrer – elle allait exploser, emportant avec elle les canaux magiques de Fiona. J'avais déjà vu des cas d'épuisement magique, lors de mes séances de tutorat à la Cour du Givre. Les dégâts pouvaient être permanents.

Sans même y penser, j'ai complètement abandonné l'exercice de barrière et j'ai jeté chaque once de mon pouvoir dans le confinement. La glace a jailli autour de nous en une sphère parfaite, non pas pour créer mais pour absorber – attirant l'énergie dorée chaotique dans des structures cristallines capables de gérer le trop-plein sans danger.

La pression magique qui s'était accumulée jusqu'à la catastrophe a soudainement trouvé un exutoire. La magie incontrôlée de Fiona s'est déversée dans mes constructions de glace, l'énergie chaotique se transformant en quelque chose de magnifique en trouvant des canaux et un soutien appropriés.

Pendant un instant, toute l'arène d'entraînement a été remplie d'un dôme de lumière et de glace qui chantait d'une résonance harmonique. Puis, aussi vite qu'elle avait commencé, la crise a pris fin. La glace s'est dissoute, l'excès d'énergie s'est dissipé et Fiona s'est effondrée sur les genoux, respirant fort mais indemne.

— Remarquable, a soufflé la professeure Hoof, prenant rapidement des notes sur son presse-papiers. — Je n'ai jamais vu un trop-plein magique redirigé aussi fluidement. Monsieur Frost, c'était une gestion de crise exceptionnelle.

Mais j'ai à peine entendu ses louanges. Toute mon attention était concentrée sur Fiona, qui me regardait avec une expression d'émerveillement mêlée à ce qui aurait pu être de la gratitude.

— Tu m'as sauvée, a-t-elle dit doucement, une fois que les autres étudiants s'étaient dispersés et que nous étions relativement seuls dans l'espace d'entraînement.

— J'ai fait ce que n'importe quel partenaire ferait, ai-je répondu, bien que nous sachions tous les deux que ce n'était pas tout à fait vrai.

Ce que j'avais fait ne demandait pas seulement une compétence technique, mais une confiance totale en notre compatibilité magique. J'avais ouvert mon pouvoir entièrement au sien, acceptant le risque que son énergie chaotique puisse déstabiliser ma propre magie si soigneusement contrôlée.

— Non, a-t-elle dit, se relevant avec seulement un léger tremblement dans les jambes. — Tu m'as fait confiance. Même quand ma magie était hors de contrôle, même quand j'aurais pu te blesser, tu as eu confiance en notre capacité à travailler ensemble pour arranger les choses.

Cette simple déclaration m'a frappé avec une force inattendue. Parce qu'elle avait raison – je lui avais fait confiance, instinctivement et complètement, d'une manière dont on m'avait appris à ne jamais faire confiance à personne.

— Fiona, ai-je commencé, puis je me suis arrêté, ne sachant pas comment expliquer la prise de conscience qui prenait forme dans mon esprit.

— Qu'est-ce qui s'est passé ? a-t-elle demandé. — La surcharge magique, je veux dire. Je n'ai jamais perdu le contrôle comme ça avant.

J'ai étudié son visage, voyant l'épuisement et la confusion qu'elle essayait de cacher. — La peur, ai-je dit simplement. — L'énergie magique répond à l'état émotionnel. Quand tu es anxieuse ou que tu as peur, elle peut devenir chaotique.

— Je n'ai pas peur, a-t-elle dit automatiquement, puis elle a marqué une pause. — Ou... peut-être que si. La visite de l'Ordre, les choses qu'ils ont insinuées sur tes origines, le sentiment que tout est sur le point de changer...

Elle n'a pas terminé sa phrase, mais je pouvais sentir la vérité de ses mots à travers notre lien. Elle avait peur – non pas d'un danger physique, mais de l'inconnu. De perdre le partenariat que nous avions construit, de découvertes qui pourraient tout changer entre nous.

— Le changement n'est pas toujours une mauvaise chose, ai-je dit prudemment, bien que les mots aient semblé inadéquats face au poids de ce que nous ressentions tous les deux.

— Vraiment ? Elle m'a regardé droit dans les yeux, et j'y ai vu une vulnérabilité qu'elle permettait rarement aux autres de voir. — Elian, je sens que tu caches quelque chose d'important. Quelque chose que la visite de l'Ordre a fait remonter à la surface. Je sais que tu as dit que tu avais besoin de temps, mais je suis terrifiée à l'idée que lorsque j'apprendrai enfin ce que c'est, ça va détruire tout ça.

Elle a fait un geste entre nous, englobant non seulement notre partenariat magique mais la connexion plus profonde qui s'était développée malgré toutes nos prudentes limites.

L'honnêteté dans sa voix a fait craquer quelque chose dans ma poitrine. Voici une personne qui offrait sa confiance tout en reconnaissant sa peur, qui choisissait la connexion malgré l'incertitude. Tout ce qu'on m'avait enseigné sur la vulnérabilité émotionnelle comme étant une faiblesse m'a semblé soudainement, complètement faux.

— C'est possible, ai-je admis, et je l'ai vue tressaillir légèrement. — Mais Fiona, quels que soient les changements à venir, nous les affronterons ensemble. C'est ce que font les partenaires.

— Promis ? a-t-elle demandé, et ce simple mot portait le poids de tout ce que nous ne nous étions pas encore dit.

— Promis, ai-je répondu, en le pensant complètement malgré les complications politiques que je ne pouvais pas encore partager.

Tandis que nous rangions notre matériel d'entraînement et nous préparions à quitter l'arène, j'ai senti un changement fondamental dans la dynamique entre nous. La crise magique nous avait fait franchir une autre barrière – pas seulement de technique, mais de confiance. Elle m'avait montré sa vulnérabilité, et j'y avais répondu en la protégeant plutôt qu'en l'exploitant.

Pour quelqu'un élevé dans le monde calculé de la politique de cour, l'expérience était à la fois terrifiante et exaltante.

— Même heure demain ? a demandé Fiona alors que nous atteignions la sortie.

— Toujours, ai-je répondu, et j'ai réalisé que le mot avait maintenant un nouveau sens. Pas seulement un engagement envers les horaires d'entraînement, mais une promesse que, quelles que soient les révélations à venir, nous les affronterions en tant que partenaires.

Le véritable test serait de savoir si cette promesse pourrait survivre à la vérité sur qui j'étais vraiment, et à ce que m'aimer pourrait lui coûter.

Mais en traversant le campus avec Fiona à mes côtés, sentant l'harmonie retrouvée de notre lien magique après la crise du matin, je me suis permis d'espérer que peut-être – juste peut-être – la confiance et le partenariat pourraient se révéler plus forts que les forces politiques qui avaient façonné toute ma vie.

Après tout, elle avait déjà prouvé qu'elle était prête à se battre pour ce que nous étions en train de construire ensemble.

La question était de savoir si j'étais assez courageux pour lui donner quelque chose qui vaille la peine de se battre.

# L'avertissement D'une Elfe Des Neiges

〇〜〜〇

**F**IONA

L'elfe des neiges est apparue à la fenêtre de mon dortoir trois nuits après l'incident de l'entraînement, ses ailes diaphanes laissant des traînées de cristaux de glace alors qu'elle flottait anxieusement derrière la vitre. Au début, j'ai cru qu'elle pouvait être perdue — les elfes s'aventuraient rarement si près des bâtiments principaux du campus, préférant les espaces sauvages à la lisière de la forêt.

Mais lorsque j'ai ouvert la fenêtre, elle est entrée d'un bond avec l'urgence désespérée de quelqu'un qui apportait une nouvelle importante.

— Fiona Prancer, dit-elle d'une voix pareille à des carillons de glace, je vous apporte un avertissement de la forêt profonde. Les magies anciennes s'agitent. Les vieux sentiers se réveillent. Le danger arrive dans le souffle de l'hiver.

J'ai cligné des yeux, encore à moitié endormie et peinant à comprendre ce qu'elle disait. — Je vous demande pardon, quoi ? Ralentissez... quel genre de danger ?

L'elfe, pas plus grande que ma main, s'est perchée sur le rebord de ma fenêtre et a enroulé ses ailes translucides autour d'elle comme une cape. Ses cheveux argentés semblaient bouger dans une brise qui ne touchait rien d'autre dans la pièce, et ses yeux bleu pâle possédaient le genre de sagesse ancienne qui me rappelait de manière embarrassante les plus vieux professeurs de la NPU.

— Les tempêtes gagnent en puissance, continua-t-elle, sa voix musicale empreinte de nuances de peur sincère. Pas des tempêtes naturelles... des tempêtes magiques. Le genre qui redessine les frontières entre les mondes, qui déchire le tissu même de la réalité.

— Des tempêtes magiques ? me suis-je complètement redressée, le sommeil oublié. Où ? Quand ?

— Bientôt. Les signes sont partout pour ceux qui savent les lire. Elle a fait un geste vers ma fenêtre, où des motifs de givre apparaissaient plus fréquemment depuis qu'Elian et moi avions commencé à nous entraîner ensemble. Votre magie appelle la sienne, n'est-ce pas ? Feu et glace, chaleur et cristal, les deux moitiés d'un chant ancien ?

— Comment savez-vous ça ? ai-je demandé, même si quelque chose dans sa présence me semblait familier d'une manière que je n'arrivais pas à situer.

— Les elfes observent. Nous nous souvenons des anciens partenariats, d'avant que les cours ne bâtissent des murs entre les peuples magiques. Nous nous souvenons de ce qui se passe lorsque de tels liens s'éveillent. Son expression s'est assombrie. Mais nous nous souvenons aussi de ce qui vient chasser quand le vieux pouvoir s'agite.

Un frisson m'a parcouru l'échine, un frisson qui n'avait rien à voir avec l'air hivernal qui entrait par la fenêtre ouverte. — Qu'est-ce qui vient chasser ?

— Ceux qui se nourrissent du chaos. Ceux qui gagnent en puissance lorsque le fragile équilibre est rompu. Elle s'est approchée en volant, ses traits minuscules plissés par l'inquiétude. Ils sentent le changement en vous et en votre prince de glace. Ils savent que ce que vous devenez ensemble pourrait soit guérir les blessures anciennes, soit les rouvrir plus grand encore.

*Prince de glace.* La façon désinvolte dont elle a prononcé ces mots a fait rater un battement à mon cœur. — Que voulez-vous dire par « prince de glace » ?

— Vous ne savez pas ? Les yeux de l'elfe se sont écarquillés dans ce qui semblait être une surprise sincère. Oh, mon enfant. Le danger est plus grand que nous ne le pensions, s'il ne vous a pas encore fait confiance au point de vous dire la vérité.

— Quelle vérité ? ai-je exigé, mais elle reculait déjà vers la fenêtre, ses ailes captant le clair de lune comme de la lumière d'étoiles emprisonnée.

— Ce n'est pas à moi de partager ce secret. Mais sachez ceci : la tempête qui arrive mettra à l'épreuve bien plus que vos capacités magiques. Elle mettra à l'épreuve votre lien, votre confiance, votre volonté de rester unis quand le monde entier cherchera à vous séparer. Elle a fait une pause sur le rebord de la fenêtre, regardant en arrière avec des yeux qui semblaient bien trop vieux pour ses traits délicats. Les elfes ont survécu à de nombreuses tempêtes de ce genre. Nous en connaissons les signes. Et nous savons que certains partenariats valent la peine d'être préservés, quel qu'en soit le coût.

— Attendez, ai-je crié, mais elle était déjà partie, disparaissant dans la nuit comme un fragment de rêve hivernal.

Je suis restée assise dans ma chambre de dortoir pendant un long moment après son départ, à fixer les motifs de givre sur ma fenêtre en essayant de donner un sens à ce qu'elle m'avait dit. Des tempêtes magiques. Des partenariats anciens. Quelque chose nous chassait à cause de ce que nous devenions ensemble.

Et sous tout cela, la certitude lancinante qu'Elian cachait quelque chose d'important — quelque chose que même les elfes de la forêt profonde connaissaient, mais pas moi. Pas avec certitude.

Le lendemain matin a apporté la confirmation que les avertissements de l'elfe n'étaient pas que folklore et superstition. Je me suis réveillée pour découvrir l'ensemble du campus couvert d'une fine couche de glace qui n'aurait pas dû être possible au vu de la météo. Plus troublant encore, la glace formait des motifs complexes qui semblaient irradier de points spécifiques : les terrains d'entraînement où Elian et moi nous entraînions, la bibliothèque où nous étudiions ensemble, et même le chemin entre le Pavillon des Métamorphes et la Tour de Givre.

— C'est comme une carte, a observé Brynn alors que nous traversions prudemment la cour glissante pour aller prendre notre petit-déjeuner. Une carte de ta connexion magique avec Elian.

Elle avait raison, et les implications de cette constatation m'ont noué l'estomac d'anxiété. Si notre lien devenait visible pour quiconque savait comment regarder, combien de temps faudrait-il avant qu'il n'attire le genre d'attention que nous n'étions pas préparés à gérer ?

— Est-ce que quelque chose comme ça est déjà arrivé ? ai-je demandé à la professeure Hoof pendant le cours de Théorie du Vol Avancé, en montrant les motifs de glace qui étaient encore visibles par les fenêtres de la classe malgré le soleil matinal.

— Pas à ma connaissance, a-t-elle répondu, son expression troublée alors qu'elle étudiait les formations cristallines. Bien qu'il existe des récits historiques de phénomènes similaires pendant des périodes d'instabilité... magique.

— Quel genre d'instabilité ?

— Le genre qui précède des changements significatifs dans le monde magique. De nouvelles alliances qui se forment, de vieilles frontières qui se déplacent, des dynamiques de pouvoir stables depuis des générations qui deviennent soudainement fluides. Elle m'a regardée droit dans les yeux, et j'ai eu le sentiment désagréable qu'elle savait exactement pourquoi je posais la question. Le genre d'instabilité qui rend certains partis très nerveux.

La séance d'entraînement matinale avec Elian n'a rien fait pour apaiser mon anxiété grandissante. Au contraire, notre connexion magique semblait plus forte et plus volatile que jamais. Chaque fois que nos pouvoirs se touchaient, l'air autour de nous chatoyait d'une énergie visible, et j'aurais juré entendre quelque chose comme une musique lointaine dans l'harmonie de nos capacités combinées.

— Tu le sens aussi ? ai-je demandé alors que nous travaillions sur un sort collaboratif complexe qui aurait dû être largement à notre portée, mais qui produisait des effets bien au-delà de ce que nous avions prévu.

— L'... intensité ? Elian s'est arrêté dans ses mouvements, des cristaux de glace tourbillonnant encore autour de ses mains en des motifs d'une beauté presque hypnotique. Oui. C'est comme si quelque chose amplifiait notre compatibilité naturelle.

— L'elfe a dit que quelque chose arrivait. Quelque chose qui chasse les partenariats comme le nôtre.

Il est devenu très immobile, sa signature magique vacillant avec ce qui semblait être une peur rapidement réprimée. — Quelle elfe ?

Je lui ai parlé de la visite de minuit, des avertissements et des références énigmatiques aux princes de glace et aux partenariats anciens. Pendant que je parlais, j'ai vu son expression devenir de plus en plus troublée, bien qu'il ait tenté de cacher sa réaction.

— Les elfes sont... perspicaces, a-t-il dit prudemment quand j'ai eu fini. Ils sont connectés aux plus anciens courants magiques d'une manière que les espèces plus civilisées oublient parfois.

— Elian, ai-je dit en me rapprochant pour que les autres étudiants ne puissent pas nous entendre, qu'est-ce que tu ne me dis pas ? L'elfe a agi comme si elle savait quelque chose sur toi, quelque chose d'important que je devrais savoir aussi.

Pendant un instant, j'ai cru qu'il allait vraiment répondre. Je pouvais voir la lutte interne se jouer sur ses traits, le désir de faire confiance luttant contre ce qui lui avait appris que les secrets étaient plus sûrs que l'honnêteté.

Mais la professeure Hoof a alors annoncé que le temps d'entraînement était terminé, et le moment est passé.

— Plus tard, a-t-il dit à voix basse. Quand nous serons seuls et que nous aurons le temps de discuter de... choses compliquées.

Ce soir-là, je me suis retrouvée dans la Bibliothèque Enchantée, à rechercher tout ce que je pouvais trouver sur les tempêtes magiques et les partenariats anciens. Les textes que j'ai découverts étaient fragmentaires et souvent contradictoires, mais ils dépeignaient une histoire magique bien plus turbulente que tout ce qu'on nous avait enseigné dans les cours classiques.

Il y avait eu d'autres partenariats comme le nôtre : des liens entre différentes espèces magiques qui transcendaient la compatibilité normale. Mais ils avaient aussi attiré l'attention de forces qui voyaient de telles connexions soit comme des opportunités à exploiter, soit comme des menaces à éliminer.

*Les Guerres de la Fracture du Troisième Âge,* notait un texte particulièrement ancien, *ont commencé lorsque les partenariats collaboratifs sont devenus assez forts pour défier les hiérarchies établies des cours. La réponse fut rapide et brutale : l'élimination systématique des liens inter-espèces par la pression politique, la suppression magique et, si nécessaire, la violence directe.*

J'étais si absorbée par ma lecture que j'ai failli ne pas entendre les pas feutrés qui approchaient de ma table. Quand j'ai levé les yeux, j'ai trouvé une silhouette en robe bleu nuit qui se tenait à proximité — pas un étudiant, mais quelqu'un dont la présence semblait refroidir l'air même autour d'elle.

— Mademoiselle Prancer, a dit la silhouette en baissant sa capuche pour révéler des traits acérés et des yeux comme des éclats de ciel d'hiver. Quelle chance de vous trouver ici. Je crois que nous devons avoir une conversation.

— Je suis désolée, est-ce que je vous connais ? ai-je demandé, bien que quelque chose dans sa signature magique m'ait paru étrangement familier.

— Pas encore. Mais vous connaissez quelqu'un qui est très important pour moi. Quelqu'un qui a été... moins que franc sur sa véritable situation. L'inconnu a souri, un sourire dénué de toute chaleur. Quelqu'un qui a peut-être oublié que le sang royal comporte des obligations qui transcendent les préférences personnelles.

*Sang royal.* Les mots m'ont frappée comme une douche froide, confirmant les avertissements énigmatiques de l'elfe de la pire des manières.

— Je pense qu'il y a eu un malentendu, ai-je commencé, mais l'inconnu a levé une main pour me faire taire.

— On a accordé une latitude considérable à Elian dans ses poursuites éducatives, a-t-il poursuivi comme si je n'avais pas parlé. Mais de récents... développements suggèrent que son partenariat avec vous devient problématique. Nous avons pensé qu'il valait mieux vous parler directement de la situation.

— Qui est *nous* ? ai-je exigé, bien que ma voix soit sortie plus faible que je ne l'aurais voulu.

— Des gens qui ont consacré des efforts considérables à garder le prince en sécurité et anonyme. Des gens qui craignent que son attachement croissant pour vous ne compromette cette sécurité. L'inconnu s'est légèrement penché en avant, et j'ai senti une odeur de vent d'hiver et de vieille magie. Des gens qui sont prêts à prendre toutes les mesures nécessaires pour préserver l'équilibre délicat qui le protège depuis vingt ans.

La menace était subtile mais sans équivoque. Ils ne se contentaient pas de m'avertir des dangers qui pourraient survenir — ils étaient le danger, prêts à éliminer tout ce qu'ils considéraient comme une menace pour leurs plans soigneusement élaborés.

— Qu'est-ce que vous voulez ? ai-je demandé.

— Pour l'instant ? Simplement une prise de conscience. Vous êtes impliquée dans quelque chose de bien plus complexe et dangereux que vous ne le réalisez, Mademoiselle Prancer. Des forces s'alignent qui pourraient détruire non seulement votre partenariat, mais aussi tout et tous ceux qui vous sont chers. Il a rabattu sa capuche, se préparant à partir. Réfléchissez bien pour savoir si vos sentiments pour le prince valent de telles conséquences.

Après son départ, je suis restée assise seule dans la bibliothèque pendant un long moment, les textes anciens oubliés tandis que j'essayais de digérer ce qui venait de se passer. Elian ne cachait pas seulement son passé — il cachait son identité royale, apparemment à des gens qui l'avaient protégé par la dissimulation et l'isolement.

Et maintenant, notre partenariat grandissant menaçait cette protection.

L'elfe avait eu raison. La tempête arrivait, et elle mettrait à l'épreuve bien plus que nos capacités magiques. Elle mettrait à l'épreuve si l'amour et la confiance pouvaient survivre au genre de pression politique qui s'était apparemment accumulée autour de nous depuis des mois à mon insu.

Mais alors même que la peur me tordait l'estomac, j'ai senti autre chose monter pour y faire face : la détermination. Quels que soient les secrets qu'Elian portait, quelles que soient les forces qui s'alignaient contre nous, je n'allais pas les laisser détruire la meilleure chose qui me soit jamais arrivée sans me battre.

La question était de savoir si j'étais assez forte pour la bataille à venir, et si Elian me ferait assez confiance pour que nous la menions ensemble.

Alors que je rassemblais mes livres et me préparais à retourner au Pavillon des Métamorphes, j'ai remarqué que de nouveaux motifs de givre étaient apparus sur les fenêtres de la bibliothèque pendant que je lisais — pas des formations cristallines aléatoires, mais des symboles qui ressemblaient presque à de l'écriture. Un message, peut-être, ou un avertissement.

Dans tous les cas, la tempête magique que l'elfe avait prédite gagnait vraiment en puissance.

Et j'avais la désagréable impression que demain apporterait le genre de révélations qui changeraient tout entre Elian et moi, que nous soyons prêts ou non.

# L'épreuve De La Forêt

E LIAN
La décision d'accepter l'« exercice facultatif pour des points bonus » du professeur Hoof dans la Forêt Enchantée avait été la mienne, mais je commençais à remettre ce choix en question alors que nous entamions notre troisième heure de ce qui aurait dû être un simple défi d'orientation.

La forêt se réorganisait autour de nous.

Des sentiers apparaissaient et disparaissaient, des clairières changeaient de place quand nous ne les regardions pas directement, et les indications de la boussole n'avaient absolument aucun sens. Plus troublant encore, je sentais la magie ancienne de ce lieu peser sur ma conscience, exigeant quelque chose que je n'étais pas prêt à donner.

*La vérité,* semblait murmurer la forêt à chaque pas que nous faisions plus profondément en son cœur. *Fini les secrets. Fini de se cacher.*

À côté de moi, Fiona se déplaçait avec une tension croissante, sa signature magique vacillant sous l'effet de l'anxiété qui montait en elle depuis sa mystérieuse rencontre à la bibliothèque deux nuits plus tôt. Elle avait essayé de m'en parler — quelqu'un en robe bleue, des menaces voilées à l'encontre du prince Elian, des avertissements sur des forces qui s'alliaient contre nous. Mais chaque fois qu'elle avait mentionné le titre, j'avais dévié la conversation.

J'étais à court de faux-fuyants.

— Ce n'est pas normal, dit-elle alors que nous débouchions d'un autre sentier qui n'existait certainement pas lorsque nous nous y étions engagés vingt minutes plus tôt. Les forêts ne se réorganisent pas pour le bon plaisir des étudiants perdus.

— Non, ai-je acquiescé, marquant une pause pour étudier les arbres qui nous entouraient. Des chênes anciens dont l'écorce passait de l'argenté au vert profond, leurs branches s'entrelaçant au-dessus de nos têtes en des motifs qui me rappelaient de façon dérangeante la salle du trône de chez moi. Elles ne le font pas. Ce qui signifie qu'il ne s'agit pas vraiment d'orientation.

— Alors, de quoi s'agit-il ?

Je l'ai regardée — vraiment regardée. Ses cheveux auburn captaient la lumière filtrée du soleil, ses yeux verts brillaient d'intelligence et de frustration, et l'énergie magique s'enroulait en spirales agitées autour de ses mains, trahissant des questions qu'elle était lasse de ne pas poser.

Elle méritait la vérité. Elle l'avait gagnée au fil de semaines de partenariat, d'une confiance offerte même lorsque je n'avais pas rendu la pareille, d'une loyauté qui n'avait jamais faibli malgré mes évasions manifestes.

Mais lui dire la vérité changerait tout entre nous. Cela la mettrait en danger. Cela ferait d'elle une cible pour des gens qui avaient déjà prouvé qu'ils tueraient pour maintenir leur version de la stabilité.

— Il s'agit d'affronter les choses que nous avons peur de regarder en face, ai-je fini par dire, en m'asseyant sur une bûche tombée, gravée de symboles que j'ai reconnus comme d'anciens sceaux de la Cour du Givre. La forêt répond à la résonance émotionnelle et magique. Elle crée des défis basés sur ce qu'elle sent que nous devons résoudre.

— Et que sent-elle que nous devons résoudre ? demanda-t-elle, bien que son ton suggérât qu'elle se doutait de la réponse.

La question resta suspendue en l'air entre nous, telle une épée de Damoclès. Autour de nous, la forêt était devenue complètement silencieuse — pas un souffle de vent dans les branches, pas un chant d'oiseau lointain, même le bourdonnement magique habituel s'était tu dans une attente pesante.

Vingt ans d'anonymat soigneusement gardé avaient mené à cet instant. Vingt ans d'identités d'emprunt, d'histoires fabriquées et de murs émotionnels érigés pour tenir les gens à bonne distance. Tout cela était sur le point de s'effondrer parce que j'avais été assez fou pour tomber amoureux de quelqu'un dont la magie répondait à la mienne en parfaite harmonie.

— L'un l'autre, ai-je dit doucement. Nos peurs. Les secrets que nous portions.

Comme invoquée par mes mots, la clairière autour de nous commença à se transformer. La bûche sculptée sur laquelle nous étions assis révéla des symboles plus complexes — pas seulement des sceaux de la Cour du Givre, mais des marqueurs généalogiques qui retraçaient les lignées royales sur des siècles. Les arbres se réorganisèrent en cercle, leurs branches formant une cathédrale naturelle qui semblait sacrée et, d'une certaine manière, définitive.

— Elian, dit Fiona, la voix soigneusement maîtrisée, qui es-tu vraiment ?

Cette simple question portait le poids de tout ce que nous avions construit ensemble et de tout ce que nous risquions de perdre. Je sentais sa signature magique s'étirer vers la mienne, non pas pour exiger, mais pour offrir — prête à accepter quelque vérité que je sois enfin prêt à partager.

— Mon nom, ai-je dit, les mots semblant étranges et rustiques après tant d'années de mensonges prudents, est le prince Elian Frostborn. Héritier du Trône de l'Hiver et roi légitime de la Cour du Givre.

Elle devint très calme, sa signature magique vacillant de choc, qui se transforma rapidement en compréhension. Les pièces d'un puzzle se mettaient en place — mon autorité inconsciente, ma formation magique avancée, la façon dont les officiels de la cour me parlaient, les implications politiques qui avaient tourbillonné autour de notre partenariat.

— Prince, répéta-t-elle d'une voix faible. Dans le sens... véritablement de la royauté.

— Dans le sens où mon père était le roi Boreas de la Cour du Givre, assassiné par son propre conseil quand j'avais sept ans parce qu'il croyait exactement en ce que toi et moi avons créé ensemble : la magie collaborative entre différentes espèces.

Le chagrin dans ma voix était plus ancien que notre partenariat, plus ancien que mon temps à l'UPN, plus ancien que la plupart de mes souvenirs conscients. Mais l'exprimer à voix haute à quelqu'un qui pourrait comprendre, c'était comme percer un abcès qui avait suppuré pendant des décennies.

— Le roi Boreas, dit-elle, la voix adoucie par la reconnaissance. J'ai entendu des histoires... le Roi du Givre mort dans des circonstances mystérieuses.

— Pas si mystérieuses pour ceux qui l'ont tué. L'amertume dans ma voix me surprit moi-même. Il voulait restaurer les anciens partenariats, abattre les barrières qui maintenaient les espèces magiques isolées les unes des autres. Le conseil y a vu une menace pour son pouvoir, pour les hiérarchies prudentes qu'ils avaient mis des siècles à construire.

À travers notre lien, je pouvais sentir qu'elle assimilait non seulement les implications politiques, mais aussi le coût personnel. Un enfant de sept ans perdant tout en une seule nuit — père, foyer, identité, avenir — tout cela à cause de convictions qui semblaient désormais prophétiques plutôt que dangereuses.

— C'est pour ça que tu te cachais, dit-elle avec une compréhension croissante. Pas seulement d'une découverte fortuite, mais de gens qui te tueraient pour ce que tu représentes.

— Entre autres choses, oui. Je me suis rapproché, ayant besoin qu'elle comprenne qu'il ne s'agissait pas seulement d'histoire ancienne, mais d'un danger constant. Fiona, les gens qui ont assassiné mon père, ils sont toujours au pouvoir. Ils ont passé vingt ans à croire que la magie collaborative était morte avec lui, que la menace qu'il représentait avait été éliminée.

— Mais ce n'était pas le cas, réalisa-t-elle. Parce que tu es là. Parce que nous sommes là, prouvant que tout ce en quoi il croyait était possible.

— Exactement. Et maintenant que notre partenariat attire l'attention, maintenant que les gens commencent à remarquer ce que nous pouvons accomplir ensemble... Je me suis interrompu, étudiant son visage à la recherche de signes de la peur qui aurait dû s'y trouver. À la place, j'ai vu de la détermination mêlée à quelque chose qui ressemblait à une férocité protectrice. Ils vont vouloir éliminer la menace avant qu'elle ne puisse grandir.

— Qu'ils essaient, dit-elle avec une conviction si tranquille qu'elle m'a coupé le souffle.

— Fiona, tu ne comprends pas ce que tu dis. Ce ne sont pas des rivaux universitaires ou des opposants politiques. Ce sont des gens qui ont orchestré le meurtre d'un roi et l'ont étouffé pendant deux décennies. Ils ont des ressources, de l'influence, un pouvoir qui...

— ...qui me fait peur au point d'abandonner la meilleure chose qui me soit jamais arrivée ? Elle se leva, une lumière dorée commençant à tournoyer autour de ses mains avec une intensité croissante. Elian, peu m'importe que tu sois un prince, un mendiant ou l'héritier secret d'un empire magique. Je me soucie de qui tu es lorsque nous sommes ensemble, la personne qui m'a sauvée quand ma magie est devenue incontrôlable, qui me fait confiance avec des techniques qui pourraient être dangereuses, qui me regarde comme si j'étais quelqu'un pour qui il valait la peine de se battre.

Cette déclaration m'a frappé avec la force d'un éclair d'été. Car en vingt ans de survie prudente, personne ne m'avait jamais choisi au détriment de la sécurité. Personne n'avait jamais regardé les complications politiques entourant mon existence et décidé qu'elles valaient la peine d'être affrontées.

— Tout ce qui en vaut la peine est dangereux, ai-je dit, faisant écho aux paroles de maître Wynne, il y a si longtemps.

— Alors, ceci en vaut vraiment la peine, répondit-elle, en se rapprochant jusqu'à ce que je puisse voir les éclats d'or dans ses yeux verts, assortis à la lumière qui dansait autour de ses doigts.

Mais alors même que le soulagement m'inondait face à son acceptation, j'entendais des bruits dans la forêt qui ont mis mon entraînement royal en état d'alerte. Quelque chose se déplaçait dans les sous-bois avec une intention prédatrice — plusieurs choses, au son.

— Nous ne sommes pas seuls, dis-je sombrement, de la glace commençant déjà à spiraler autour de mes mains en motifs défensifs.

L'expression de Fiona s'intensifia tandis que ses sens aiguisés captaient ce que les miens avaient détecté. — Des loups de givre. Six, peut-être sept. Elle regarda la clairière avec une nouvelle compréhension. Quelqu'un les a mis ici. Ce n'est plus un simple exercice d'entraînement.

— Non, ai-je convenu, reconnaissant la signature magique particulière des créatures attirées par les mages puissants. C'est un test. Pour voir si nous pouvons survivre au genre d'attaques directes qui accompagnent le fait d'être trop dangereux pour être ignoré.

Les loups émergèrent de la forêt de manière coordonnée — des créatures de la taille de chevaux, à la fourrure blanche comme la neige fraîche et aux yeux brillant d'une intelligence prédatrice. Mais ce n'étaient pas des animaux sauvages. C'étaient des créations magiques, conçues spécifiquement pour tester des partenariats collaboratifs sous une pression mortelle.

— Prête ? ai-je demandé, des barrières de glace se formant déjà autour de nous alors que la meute se rapprochait.

— Prête, répondit-elle, un feu doré spiralant autour de ses mains comme des armes vivantes.

Ce qui suivit ressemblait moins à un combat qu'à une danse mortelle. Là où je créais la structure et la défense, elle apportait la flexibilité et la puissance. Là où ses instincts nous guidaient vers des ouvertures, ma précision garantissait que nous ne gaspillions pas d'énergie en attaques futiles. Notre magie s'écoulait à l'unisson avec une synchronisation si parfaite que les tentatives des loups pour nous séparer ne faisaient que renforcer notre lien.

Au moment où la dernière création se dissolvait en énergie magique, la clairière s'était transformée en une vitrine de puissance collaborative qu'aucun de nous n'aurait pu atteindre seul. La glace et la lumière s'entrelaçaient en des motifs si beaux qu'ils semblaient chanter, prouvant sans l'ombre d'un doute que ce en quoi mon père était mort en y croyant n'était pas seulement possible, mais inévitable.

— Ce n'était pas un hasard, dit Fiona alors que nous nous tenions au milieu des preuves de notre victoire, tous deux brillant faiblement d'une énergie magique résiduelle.

— Non. C'était une démonstration. Pour quiconque a envoyé les loups, pour tous ceux qui se demandaient si notre partenariat représentait une opportunité ou une menace. J'ai regardé autour de la clairière, l'art magnifique et mortel que nous avions créé sans pensée consciente. Et je pense que nous venons de répondre à cette question.

— As-tu peur ? demanda-t-elle.

J'ai sérieusement réfléchi à la question, faisant le point sur des émotions qu'il avait été trop dangereux de reconnaître pendant la majeure partie de ma vie. La peur, oui — de la découverte, des conséquences politiques qui s'ensuivraient, des gens qui essaieraient d'utiliser notre lien à leurs propres fins ou de le détruire pour empêcher les autres de faire de même.

Mais sous la peur, il y avait quelque chose que je ne m'étais jamais permis de ressentir auparavant : l'espoir.

— Terrifié, ai-je admis. Mais aussi... plein d'espoir. Pour la première fois en vingt ans, je n'affronte pas une situation impossible seul.

— Bien, dit-elle en se rapprochant jusqu'à ce que nos auras magiques se chevauchent complètement. Parce que j'ai le sentiment que l'impossible va devenir notre spécialité.

Quand elle m'a embrassé, c'était avec l'intensité farouche de quelqu'un qui venait de choisir de se battre pour quelque chose qui valait la peine d'être préservé. Notre magie a explosé autour de nous en motifs de lumière et de glace qui ont peint toute la clairière d'argent et d'or, mais cette fois, la puissance semblait contrôlée, déterminée, festive plutôt que chaotique.

Alors que nous nous séparions, à bout de souffle et étourdis à la fois par le baiser et par l'intensité magique, j'ai senti un changement fondamental dans ma compréhension de ce qui était possible. Pendant vingt ans, j'avais cru qu'aimer quelqu'un signifiait le mettre en danger. Mais en me tenant ici avec Fiona, ressentant la certitude absolue de notre lien renforcé plutôt que menacé par la vérité, j'ai réalisé que l'amour pourrait en fait être la chose qui rendait la survie possible.

— Alors, que se passe-t-il maintenant ? demanda-t-elle, sa main toujours liée à la mienne alors que notre magie s'harmonisait autour de nous.

— Maintenant, nous allons prouver que la magie collaborative est plus forte que les forces qui tentent de l'empêcher, ai-je dit, surpris par la confiance dans ma propre voix. Nous allons leur montrer que certains partenariats valent tous les risques.

Et pour la première fois depuis mes sept ans, j'ai cru que le « pour toujours » pourrait réellement être possible.

Le retour sur le campus apporterait de nouveaux défis, de nouvelles pressions, de nouvelles tentatives pour déchirer ce que nous avions construit. Mais nous y ferions face avec une honnêteté totale entre nous, avec une confiance qui avait été testée et s'était avérée indestructible, avec une magie qui chantait en parfaite harmonie.

Tout ce qui en valait la peine était dangereux. Mais certaines choses valaient n'importe quel danger pour être préservées.

Et ce que Fiona et moi avions trouvé ensemble valait vraiment la peine de se battre.

# Retombées

FIONA
Je me suis réveillée le lendemain de l'épreuve de la forêt, et des motifs de givre recouvraient chaque surface de ma chambre de dortoir.

Pas seulement les fenêtres, cette fois : les murs, le plafond, même mes manuels scolaires étaient parcourus de délicats dessins cristallins qui pulsaient d'une énergie magique résiduelle. Les motifs étaient magnifiques, complexes, et totalement impossibles à expliquer à quiconque poserait la question.

*Prince Elian Frostborn.*

Ce nom résonnait dans ma tête comme une cloche qui n'arrêtait pas de sonner. Pas seulement Elian, mon partenaire d'entraînement, qui m'avait sauvée d'une surcharge magique et me regardait comme si je valais la peine qu'on se batte pour moi. Pas seulement le mystérieux nouvel étudiant qui faisait chanter ma magie en parfaite harmonie.

Un prince. Un membre de la royauté, un vrai. L'héritier d'un trône, d'un royaume et de responsabilités politiques que je ne pouvais même pas commencer à comprendre.

— C'est nouveau, ça, a observé Brynn depuis son lit, en suivant mon regard vers le motif de givre le plus élaboré que j'aie jamais vu : un mandala qui couvrait tout notre plafond et semblait raconter l'histoire de tout ce qui s'était passé dans la forêt. — Et il y en a... partout.

— Une manifestation magique inconsciente, ai-je dit, reprenant l'explication d'Elian des semaines passées. — Ça arrive quand des émotions fortes déstabilisent le contrôle magique.

— Quel genre d'émotions fortes ? a-t-elle demandé, bien que son ton suggère qu'elle s'en doutait déjà.

J'ai fermé les yeux, me souvenant du regard d'Elian quand il m'avait enfin dit la vérité. Vulnérable, terrifié et désespérément en quête de compréhension. La façon dont il m'avait embrassée après que nous ayons vaincu les loups de givre, comme si j'étais quelque chose de précieux qu'il n'avait jamais pensé trouver.

Ce que j'avais ressenti quand nos magies avaient fusionné en parfaite harmonie, créant quelque chose qu'aucun de nous n'aurait pu accomplir seul.

— Le genre compliqué, ai-je répondu en rouvrant les yeux, pour découvrir que Brynn m'observait avec inquiétude.

— Fiona, que s'est-il passé dans cette forêt ?

La question est restée en suspens entre nous, comme un défi. Car comment expliquer qu'en l'espace de quelques heures, tout ce que j'avais cru savoir sur mon partenariat avec Elian avait été bouleversé ?

Comment lui dire que la personne dont j'étais tombée amoureuse ne se contentait pas de cacher son passé, mais une identité qui venait avec des siècles de fardeau politique, d'intrigues de cour et d'ennemis qui avaient déjà prouvé qu'ils tueraient pour maintenir leur pouvoir ?

— Il m'a dit qui il était vraiment, ai-je fini par dire. — Tout. La vérité qu'il porte depuis vingt ans.

— Et ?

— Et je n'ai aucune idée de quoi faire de cette information.

J'ai passé le reste de la matinée à éviter les endroits où je risquais de croiser Elian. Non pas que j'étais en colère – comment aurais-je pu l'être alors qu'il m'avait confié des secrets qui pourraient le faire tuer ? – mais parce que j'avais besoin d'espace pour réfléchir sans que l'attraction constante de notre connexion magique n'influence mon jugement.

Le problème, c'est que réfléchir me menait à des questions auxquelles je ne voulais pas répondre.

Qu'est-ce que ça signifiait, d'être amoureuse d'un prince ? Pas la version romantique fantasmée, mais la réalité des mariages politiques, des obligations diplomatiques et d'une vie entièrement vécue au service des autres ? Qu'est-ce que ça signifiait que notre partenariat avait apparemment éveillé une magie que certaines personnes jugeaient assez dangereuse pour l'éliminer ?

Qu'est-ce que ça signifiait que moi, Fiona Prancer, issue d'une famille de métamorphes rennes parfaitement ordinaire, j'étais maintenant liée à des forces qui opéraient à une échelle que je n'avais jamais imaginée ?

À l'heure du déjeuner, les questions s'étaient multipliées pour se transformer en une véritable panique.

— Tu pars en vrille, a observé Marcus en me trouvant cachée dans le coin le plus reculé de la Bibliothèque Enchantée, entourée de piles de livres sur les protocoles royaux et la politique de cour que je ne lisais même pas.

— Je fais des recherches, l'ai-je corrigé, bien que je puisse entendre le manque de conviction dans ma propre voix.

— Tu paniques, a-t-il dit en s'installant sur la chaise en face de moi avec cette franchise douce qui faisait de lui un si bon ami. — Qu'est-ce qui se passe, Fiona ? Hier, tu étais plus heureuse que je ne t'avais jamais vue, et aujourd'hui, on dirait que tu prévois de fuir le pays.

— C'est peut-être le cas, ai-je marmonné, puis je me suis immédiatement sentie coupable de la trahison implicite dans ces mots.

— OK, parle-moi. Que s'est-il passé ?

J'ai jeté un regard autour de la bibliothèque, remarquant les autres étudiants à portée de voix, la façon dont les conversations semblaient s'interrompre quand les gens me remarquaient. Même ici, je pouvais sentir le poids de l'attention qui s'était accumulée autour de mon partenariat avec Elian depuis des semaines.

— On peut aller quelque part de plus privé ? ai-je demandé.

Vingt minutes plus tard, nous étions assis dans la roseraie d'hiver où Elian m'avait pour la première fois montré une honnêteté vulnérable, où il avait avoué ses craintes de faire confiance aux gens et où j'avais promis d'être quelqu'un de digne de confiance en retour.

L'ironie ne m'a pas échappé.

— Ce n'est pas juste un nouvel étudiant, ai-je dit sans préambule, ayant besoin de sortir les mots avant de perdre mon courage. — C'est le Prince Elian Frostborn, héritier du trône de la Cour du Givre, et apparemment sa simple existence menace la stabilité politique que certaines personnes ont passé des décennies à maintenir.

Marcus est devenu très calme, ses instincts de métamorphe harfang des neiges décelant sans doute la peur réelle qui sous-tendait mes paroles. — Prince, a-t-il répété avec précaution. — Comme dans la vraie royauté.

— Comme dans « son père a été assassiné par son propre conseil pour avoir cru en la magie collaborative, et Elian se cache depuis vingt ans parce que ces mêmes personnes le tueraient s'ils découvraient qu'il a hérité à la fois du pouvoir de son père et de ses idéaux ».

— Et tu as appris ça comment ?

— Il me l'a dit. Hier, dans la forêt, alors qu'on affrontait des créations magiques qui testaient apparemment si notre partenariat pouvait survivre à une pression mortelle. J'ai ri, mais le son était amer. — Juste avant de m'embrasser et de me faire croire que peut-être, juste peut-être, on pourrait y arriver malgré toutes les complications.

Marcus est resté silencieux un long moment, mesurant l'ampleur de ce que je venais de révéler. — C'est... significatif, a-t-il dit finalement.

— C'est terrifiant, l'ai-je corrigé. — Marcus, je ne sais pas comment être la petite amie de quelqu'un, encore moins celle d'un prince. Je ne connais rien à la politique de cour, aux protocoles diplomatiques ou au genre de vie qu'il sera censé mener.

— Est-ce qu'il t'a demandé de savoir ces choses ?

— Là n'est pas la question. La question, c'est qu'aimer Elian signifie accepter des responsabilités que je n'ai jamais choisies, des dangers auxquels je ne suis pas préparée, et un avenir qui ne ressemble en rien à tout ce que j'ai jamais imaginé pour moi.

— Et ? a doucement insisté Marcus.

— Et je ne suis pas sûre d'être assez courageuse pour ça, ai-je admis, les mots comme du verre dans ma gorge.

— Fiona, a dit Marcus en se penchant en avant avec une intensité que je lui voyais rarement, — est-ce que tu l'aimes ?

La question m'a frappée comme un coup physique. Parce que, bien sûr, je l'aimais. J'aimais la façon dont il me regardait, comme si je valais la peine qu'on se batte pour moi. J'aimais sa compétence tranquille, sa vulnérabilité inattendue, sa détermination à être digne de l'héritage de son père. J'aimais la façon dont nos magies s'écoulaient ensemble comme les deux moitiés d'une chanson, et la façon dont il me faisait sentir comme la version la plus forte de moi-même.

Mais l'amour ne faisait pas disparaître les implications politiques. L'amour n'effaçait pas le fait que des gens étaient morts pour avoir cru en la même magie collaborative que nous étions en train de créer ensemble.

— Oui, ai-je dit doucement. — Je l'aime complètement. Et c'est exactement pour ça que je suis terrifiée.

— Parce que tu penses que l'aimer te mettra en danger ?

— Parce que je pense que l'aimer mettra en danger tous ceux qui me sont chers. Ma famille, mes amis, quiconque se retrouvera pris entre deux feux quand les gens qui ont tué son père décideront que notre partenariat est devenu trop menaçant pour être toléré.

Marcus est resté silencieux pendant plusieurs minutes, étudiant mon visage avec le genre d'attention qui me donnait l'impression qu'il voyait plus que ce que j'avais l'intention de montrer.

— Tu sais, a-t-il dit finalement, — ça fait des mois que je vous observe, Elian et toi. Et ce qui m'a toujours frappé, ce n'est pas à quel point vous êtes différents, mais à quel point vous êtes semblables. Vous êtes tous les deux des personnes qui ont passé la majeure partie de leur vie à essayer d'être à la hauteur des attentes des autres, à essayer d'être dignes d'héritages que vous avez reçus plutôt que choisis.

— Où veux-tu en venir ?

— Je veux en venir au fait que la raison pour laquelle votre magie fonctionne si bien ensemble n'est peut-être pas seulement la compatibilité – c'est la reconnaissance. Vous vous comprenez d'une manière que la plupart des gens ne connaîtront jamais. Il a fait une pause, étudiant les motifs de givre qui commençaient à se former sur les bancs du jardin autour de nous malgré le soleil de l'après-midi. — Et peut-être que la raison pour laquelle certaines personnes trouvent votre partenariat si menaçant n'est pas parce qu'il est dangereux, mais parce qu'il prouve que la collaboration est plus forte que l'isolement qu'ils ont imposé.

Ses mots m'ont parcourue d'un frisson qui n'avait rien à voir avec la température. Parce qu'il avait raison, n'est-ce pas ? La magie qu'Elian et moi créions ensemble n'était ni chaotique ni destructrice – elle était harmonieuse, belle, la preuve que différents types de pouvoir pouvaient s'unir pour créer quelque chose de plus fort que ce que l'un ou l'autre pouvait accomplir seul.

— Et si je ne suis pas assez forte ? ai-je demandé. — Et si je ne peux pas supporter la pression, l'examen minutieux, les implications politiques d'être avec lui ?

— Alors vous trouverez une solution ensemble, a dit Marcus simplement. — C'est à ça que servent les partenariats.

— Et si je le fais tuer parce que je ne suis pas assez intelligente pour naviguer dans les politiques de cour ?

— Alors tu auras essayé de construire quelque chose qui valait le risque au lieu de laisser la peur prendre tes décisions à ta place.

Cette simple déclaration m'a frappée avec une force inattendue. Parce que c'était ce que je faisais, n'est-ce pas ? Je laissais la peur guider mes choix au lieu de faire confiance aux fondations qu'Elian et moi avions bâties ensemble.

Mais même en reconnaissant la vérité des mots de Marcus, je ne pouvais pas chasser l'image d'Elian tel qu'il était quand il m'avait parlé de la disparition de Maître Wynne – le chagrin, la culpabilité et la certitude profonde que le fait de tenir à lui avait blessé quelqu'un d'autre.

Et si l'histoire se répétait ? Et si mes sentiments pour lui, ma connexion magique à lui, faisaient de moi une cible pour des gens qui voulaient utiliser notre lien contre lui ?

— Il faut que je réfléchisse, ai-je dit en me levant du banc. — J'ai besoin... d'espace pour comprendre ce que tout cela signifie.

— Fiona, a appelé Marcus alors que je commençais à m'éloigner. — Pour ce que ça vaut, je pense que tu es plus forte que tu ne le crois. Et je pense qu'Elian le sait aussi.

J'étais à mi-chemin du Pavillon des Métamorphes quand je suis tombée sur la personne que j'avais essayé d'éviter toute la journée.

Elian se tenait près de la fontaine dans la cour centrale et, même de loin, je pouvais voir les motifs de givre qui s'étendaient à partir de l'endroit où il se trouvait. Il donnait l'impression de ne pas avoir dormi, son calme parfait habituel effiloché sur les bords d'une manière qui témoignait d'un trouble émotionnel à peine contenu.

Quand il m'a vue, un soulagement a traversé si rapidement ses traits que j'aurais pu l'imaginer.

— Fiona, a-t-il dit en s'avançant vers moi à pas prudents, suggérant qu'il n'était pas sûr d'être le bienvenu. — J'espérais que nous pourrions parler.

— J'ai besoin de temps, ai-je dit rapidement, avant qu'il ne puisse dire quelque chose qui me ferait oublier toutes les préoccupations très raisonnables avec lesquelles je luttais. — Pour digérer tout ce que tu m'as dit hier. Pour comprendre ce que tout cela signifie.

Quelque chose qui aurait pu être de la peine a traversé son expression, mais il a hoché la tête avec le genre de dignité qui m'a rappelé exactement qui il était – pas seulement la personne dont j'étais tombée amoureuse, mais quelqu'un qui avait été entraîné depuis sa naissance à gérer le rejet avec grâce.

— Bien sûr, a-t-il dit doucement. — Prends tout le temps dont tu as besoin.

Mais alors que je m'éloignais, je pouvais sentir son regard me suivre, pouvais sentir à travers notre lien la confusion et le désespoir croissant qu'il s'efforçait de cacher. Il pensait que je le rejetais, ai-je réalisé. Il pensait qu'apprendre la vérité sur son identité avait changé ce que je ressentais pour lui.

Rien ne pouvait être plus éloigné de la vérité.

Je l'aimais plus maintenant qu'avant la forêt, parce que je comprenais enfin le courage qu'il lui avait fallu pour me confier des secrets qui pouvaient le détruire. J'aimais sa détermination à être digne de l'héritage de son père, sa volonté de tout risquer pour la possibilité d'une magie collaborative, sa force tranquille face à des forces qui essayaient de le briser depuis vingt ans.

Mais l'amour ne rendait pas les dangers moins réels. L'amour ne changeait pas le fait que des gens étaient morts pour les idéaux que nous représentions inconsciemment.

Ce soir-là, j'étais assise dans ma chambre de dortoir, à fixer les motifs de givre qui continuaient de se répandre sur toutes les surfaces malgré mes tentatives pour réprimer ma connexion magique avec Elian. Les dessins devenaient plus complexes, plus beaux et plus impossibles à expliquer à chaque heure qui passait.

— Tu ne peux pas l'éviter éternellement, a dit doucement Brynn, s'installant sur son lit avec une tasse de chocolat chaud qui fumait dans l'air qui se refroidissait. — Quoi qu'il se passe entre vous deux, ça affecte tout le campus. Le professeur Hoof a mentionné que les terrains d'entraînement connaissaient des « perturbations atmosphériques inhabituelles » depuis hier.

— Je ne l'évite pas, ai-je dit, bien que nous sachions toutes les deux que c'était un mensonge. — J'essaie de prendre une décision rationnelle sur quelque chose de complètement irrationnel.

— L'amour l'est souvent.

— Il ne s'agit pas seulement d'amour. Il s'agit de politique, de rancunes anciennes et de gens qui ont déjà prouvé qu'ils tueraient pour maintenir leur pouvoir. Je me suis détournée de la fenêtre où de nouveaux motifs de givre se formaient alors même que nous parlions. — Il s'agit de savoir si je suis prête à mettre en danger tous ceux qui me sont chers pour quelque chose qui pourrait même ne pas être possible à maintenir.

— Et qu'as-tu décidé ?

J'ai fermé les yeux, sentant l'attraction constante de notre connexion magique comme un second battement de cœur dans ma poitrine. Même avec la distance physique entre nous, même avec mes tentatives délibérées de supprimer notre lien, je pouvais sentir la présence d'Elian comme une flamme qui appelait quelque chose au plus profond de mon noyau magique.

— J'ai décidé, ai-je dit doucement, — que je suis une lâche.

— Fiona...

— Non, c'est vrai. Je choisis la sécurité plutôt que la possibilité, la peur plutôt que l'amour, parce que j'ai trop peur de ce qu'il pourrait en coûter de se battre pour quelque chose d'extraordinaire. J'ai ouvert les yeux pour trouver du givre qui spiralait sur le plafond en motifs qui ressemblaient presque à de l'écriture. — Et le pire, c'est que je sais que je lui fais du mal en m'éloignant, mais je ne sais pas comment arrêter d'avoir peur.

Brynn est restée silencieuse un long moment, étudiant les manifestations magiques qui transformaient notre chambre de dortoir en un paysage hivernal merveilleux malgré mon trouble émotionnel.

— Tu sais, a-t-elle dit finalement, — la peur n'est pas toujours une mauvaise chose. Parfois, c'est ce qui nous maintient en vie assez longtemps pour découvrir ce qui vaut le risque.

— Et si ce qui vaut le risque fait tuer d'autres personnes ?

— Alors tu devras décider si vivre avec cette possibilité est pire que de vivre avec la certitude que tu as renoncé à quelque chose d'extraordinaire parce que tu avais trop peur d'essayer.

Ses mots m'ont suivie dans un sommeil agité, où j'ai rêvé de motifs de givre qui racontaient des histoires de partenariats qui avaient changé le monde, d'amours qui s'étaient avérés plus forts que les forces qui tentaient de les détruire, de choix qui résonnaient à travers les générations bien après la disparition de ceux qui les avaient faits.

Quand je me suis réveillée le lendemain matin, une lettre m'attendait sur le rebord de ma fenêtre, écrite d'une écriture familière sur un papier qui semblait fait de lumière d'étoile compressée.

*Fiona,*

*Je comprends ton besoin d'espace et de temps pour digérer tout ce que je t'ai dit. Je comprends aussi si apprendre la vérité sur qui je suis change ce que tu ressens à propos de notre partenariat.*

*Mais je veux que tu saches que, quoi que tu décides, ces derniers mois avec toi ont été les meilleurs de ma vie. Tu m'as rappelé ce que c'est que d'espérer quelque chose au-delà de la simple survie. Tu m'as fait croire que la magie collaborative pouvait être magnifique au lieu d'être simplement dangereuse.*

*Plus important encore, tu m'as rendu assez courageux pour faire entièrement confiance à quelqu'un pour la première fois en vingt ans.*

*Quoi qu'il arrive ensuite, je ne regretterai jamais de t'avoir dit la vérité. Et je ne regretterai jamais d'être tombé amoureux de quelqu'un qui m'a montré que certaines choses valent n'importe quel risque pour être préservées.*

*Prends tout le temps dont tu as besoin. Je serai là quand tu seras prête.*

*Toujours, Elian*

J'ai lu la lettre trois fois, les larmes coulant sur mon visage alors que le poids de son amour et de sa compréhension s'installait autour de moi comme une armure contre mes peurs.

Il ne demandait pas de réponses ni ne me pressait de prendre une décision avant que je sois prête. Il offrait simplement un amour inconditionnel et une patience infinie, confiant que ma décision, quelle qu'elle soit, viendrait d'un lieu d'honnêteté plutôt que de peur.

C'était, ai-je réalisé, exactement ce à quoi j'aurais dû m'attendre de la part de quelqu'un qui avait passé vingt ans à apprendre à faire passer le bien-être des autres avant ses propres désirs.

Mais c'est aussi ce qui m'a finalement aidée à comprendre que la vraie question n'était pas de savoir si j'étais assez courageuse pour aimer un prince.

La vraie question était de savoir si j'étais assez courageuse pour laisser un prince m'aimer en retour.

Et en regardant ma chambre de dortoir couverte de givre, en sentant l'attraction constante de notre connexion magique malgré toutes mes tentatives pour la réprimer, en voyant la preuve de combien notre lien était devenu fondamental pour mon équilibre magique, j'ai réalisé que le choix avait déjà été fait.

Je ne pouvais pas fuir cela parce que cela faisait déjà partie de qui j'étais. La seule question était de savoir si j'allais y faire face avec courage ou si j'allais laisser la peur détruire la meilleure chose qui me soit jamais arrivée.

Demain, je trouverais Elian et je lui dirais que j'étais prête à être courageuse. Que j'étais prête à me battre pour quelque chose d'extraordinaire, même si cela m'effrayait plus que tout ce que j'avais jamais affronté.

Ce soir, je me contenterais de m'asseoir avec les motifs de givre et de me permettre de ressentir tout ce que j'avais essayé de réprimer : l'amour, la peur, la détermination et la certitude croissante que certains partenariats valaient n'importe quel risque pour être préservés.

Même si ce risque incluait tout ce que j'avais jamais cru vouloir pour mon avenir.

# La Sagesse De Connor

ELIAN

Le matin qui a suivi notre conversation dans la forêt était différent. Non seulement à cause de ce que j'avais révélé sur mon identité, mais aussi à cause de la distance prudente que Fiona avait maintenue depuis. À travers notre lien, je la sentais réfléchir, peser le pour et le contre, prendre une décision — et cette incertitude était plus déstabilisante que n'importe quelle pression politique que j'avais subie de la part de la Cour du Givre.

Je révisais mes notes de Théorie de la magie avancée dans le Grand Réfectoire de Cristal quand j'ai senti son état émotionnel basculer vers quelque chose qui ressemblait à de la résolution. Grâce à notre connexion, je pouvais suivre sa position alors qu'elle se déplaçait dans le bâtiment, pour finalement s'arrêter dans un endroit qui donnait l'impression qu'elle avait une conversation importante.

Elle n'était pas seule.

La signature magique qui l'accompagnait m'était familière — celle de Connor Prancer, notre camarade de première année qui avait réussi, on ne sait comment, à concilier l'exploit légendaire de son vol de la veille de Noël avec les mêmes pressions universitaires que nous subissions tous. Le cousin de Fiona, le membre de la famille qui comprenait le

123

poids de devoir être à la hauteur d'un héritage impossible tout en essayant de trouver sa propre identité.

J'avais vu Connor la plupart des matins au petit-déjeuner, généralement à sa table habituelle près des fenêtres, souvent en train d'envoyer des messages à quelqu'un — probablement sa petite amie Kayla, qui étudiait le droit à Oxford. Le décalage horaire signifiait que leurs conversations avaient lieu pendant nos périodes de petit-déjeuner, et j'avais remarqué comment son visage s'adoucissait chaque fois que le nom de sa petite amie apparaissait sur son téléphone.

Maintenant, il parlait avec Fiona et, à travers notre lien, je ressentais l'intensité émotionnelle de la conversation sans pouvoir discerner les mots exacts. Peur, incertitude, espoir, détermination — un tissage complexe de sentiments qui suggérait qu'elle était en train d'assimiler tout ce que je lui avais dit sur ma véritable identité et sur ce que cela signifiait pour notre partenariat.

J'ai essayé de me concentrer sur le cours du professeur Frost sur l'équilibre élémentaire dans des conditions météorologiques extrêmes, mais mon attention dérivait constamment vers ce fil de connexion stable qui me reliait à Fiona. Quelle que fût la discussion qu'elle avait avec Connor, elle était suffisamment importante pour que sa maîtrise émotionnelle habituellement si prudente ait cédé la place à quelque chose de plus brut et honnête.

*Fais confiance au partenariat,* ai-je pensé, me souvenant du conseil que le Dr Frost m'avait donné des semaines plus tôt sur le fait de laisser les liens se développer naturellement plutôt que d'essayer de contrôler chaque variable. *Laisse-la digérer ça à sa manière, à son propre rythme.*

Mais alors que le cours se poursuivait et que je sentais l'intensité émotionnelle de la conversation s'intensifier, j'ai trouvé que c'était plus facile à dire qu'à faire. Vingt ans d'entraînement à la prudence politique luttaient contre la certitude croissante que la décision que prendrait Fiona déterminerait non seulement l'avenir de notre collaboration magique, mais quelque chose de bien plus personnel.

Quand le cours s'est terminé, j'ai senti son état émotionnel changer pour devenir ce qui aurait pu être un espoir déterminé. Avant de pouvoir douter de mon impulsion, je marchais vers l'endroit où ils se rencontraient, attiré à la fois par le souci de son bien-être et par le besoin égoïste de savoir où nous en étions.

Je les ai trouvés assis sur un banc dans la Roseraie d'Hiver, le même endroit où Fiona et moi avions partagé notre premier vrai moment de vulnérabilité des semaines auparavant. La neige tombait doucement autour d'eux, et Connor parlait avec l'autorité tranquille qui avait poussé le Père Noël à lui confier la direction du vol le plus important de l'année, bien qu'il ne soit qu'un étudiant de première année.

— ...les partenariats les plus solides sont ceux où les deux personnes choisissent de se faire confiance mutuellement malgré les risques encourus, disait-il alors que j'approchais.

Les deux cousins ont levé les yeux à mon arrivée. L'expression de Connor témoignait du respect prudent dû à quelqu'un dont il se doutait probablement de l'identité, mais qu'il était trop diplomate pour exprimer. Les yeux de Fiona ont rencontré les miens et, à travers notre lien, j'ai senti sa question sur mon état émotionnel, sa volonté de me laisser tout l'espace dont j'aurais besoin pour assimiler ce qui allait suivre.

— Connor, ai-je dit formellement, en inclinant la tête avec un respect sincère pour ses exploits. J'espère que je ne vous dérange pas.

— En fait, a dit Connor en se levant avec un sourire d'une chaleur surprenante, j'étais justement en train de dire à Fiona que les partenariats les plus solides sont ceux où les deux personnes choisissent de se faire confiance mutuellement malgré les risques encourus.

Les mots avaient un impact différent en les entendant directement, surtout venant de quelqu'un qui avait réussi à gérer une collaboration magique à haut risque sous une pression publique extrême, tout en maintenant ses propres relations personnelles difficiles.

Fiona s'est levée pour me faire face, et j'ai senti le moment où elle a pris une décision intérieure. — J'ai réfléchi, a-t-elle dit. À ce que tu m'as dit, à ce que cela signifie, à ce que nous construisons ensemble.

À travers notre lien, je me suis préparé à n'importe quelle conclusion à laquelle elle était parvenue. Vingt ans de formation politique m'avaient appris à me préparer à la déception, au moment où quelqu'un déciderait que les risques d'être associé à moi l'emportaient sur les avantages potentiels.

— Et ? ai-je demandé doucement, bien que je sente ma préparation minutieuse pour la décision qu'elle avait prise.

— Et je pense que Connor a raison de faire confiance au partenariat, a-t-elle dit en prenant mes mains, ce qui a immédiatement mis notre magie en parfaite harmonie. Je pense que nous sommes plus forts ensemble que chacun de nous individuellement, même quand — surtout quand — les choses se compliquent.

Le soulagement qui m'a envahi était si intense qu'il a probablement submergé notre lien momentanément. Mais en dessous, il y avait quelque chose de plus profond : la reconnaissance qu'elle venait de choisir d'affronter tout ce qui allait arriver en tant que partenaires, plutôt que d'essayer de se protéger par la distance.

Pour la première fois en vingt ans, quelqu'un avait appris toute la vérité sur mon identité et avait choisi de rester plutôt que de se replier en terrain sûr.

— Merci, ai-je dit, et je le pensais pour eux deux. Connor pour avoir fourni la perspective qui l'avait aidée à prendre cette décision, et Fiona pour la confiance qui l'avait rendue possible. Pour la perspective, et pour la confiance.

— Merci, a dit Fiona à Connor, de m'avoir rappelé que certaines choses valent le risque.

Alors que nous nous préparions à quitter le jardin, Connor a doucement attrapé le bras de Fiona.

— Une dernière chose, a-t-il dit à voix basse, sa voix portant la sagesse de quelqu'un qui avait appris à équilibrer l'héritage familial et l'identité personnelle sous un examen public intense. La pression de l'héritage familial ? Elle ne disparaît jamais vraiment, mais elle devient plus facile à porter quand on a quelqu'un qui comprend ce poids. Il m'a jeté un coup d'œil, puis s'est tourné à nouveau vers Fiona. Et quand tu te souviens que tu n'es pas seulement en train d'être à la hauteur du nom — tu es en train de te l'approprier.

Son téléphone a vibré, probablement un autre message de Kayla, et il a souri légèrement. — En parlant de ça, je devrais y retourner. Les calendriers d'examens de la fac de droit n'attendent personne, même quand on essaie de donner des conseils de cousin à travers les fuseaux horaires.

En retournant vers le campus principal avec Fiona, nos mains jointes et notre magie circulant en parfaite synchronisation, j'ai ressenti quelque chose que je n'avais pas éprouvé depuis l'enfance : la certitude que je n'affrontais pas l'avenir seul.

Quels que soient les défis politiques découlant de mon identité, quelles que soient les pressions exercées par la Cour du Givre, quelles que soient les complications émergeant de notre partenariat magique — nous les affronterions ensemble.

Pour quelqu'un qui avait passé deux décennies à gérer prudemment chaque relation pour éviter précisément ce genre de vulnérabilité, cela aurait dû être terrifiant.

Au lieu de ça, j'avais l'impression de rentrer à la maison.

# Avis De Tempête

~~~

F IONA
Je trouve Elian dans l'observatoire, mais il n'est pas seul.

Le professeur Glacier se tient près des fenêtres cristallines, sa silhouette massive de géante du givre parvenant à rester élégante bien qu'elle occupe la majeure partie de la pièce circulaire. Lorsque j'entre, Elian et elle se tournent vers moi avec des expressions mêlant soulagement et inquiétude.

— Mademoiselle Prancer, dit le professeur Glacier en inclinant formellement la tête. Comme cela tombe bien. J'étais justement en train d'expliquer au prince Elian les... événements qui se sont produits en votre absence.

— Des événements ? je demande en les regardant tour à tour, remarquant la tension dans les épaules d'Elian et la façon dont des motifs de givre se sont répandus sur toutes les surfaces de la pièce — un signe certain que son contrôle émotionnel est mis à rude épreuve.

— Une instabilité magique, dit doucement Elian, ses yeux pâles scrutant mon visage. Ça a commencé peu après que tu... Il s'interrompt, cherchant manifestement ses mots.

— Après que j'ai commencé à t'éviter, je termine, la culpabilité me tordant l'estomac. Quel genre d'instabilité ?

Le professeur Glacier fait un geste vers les fenêtres, et ce que je vois me coupe le souffle. Tout le campus est couvert d'une fine couche de glace qui palpite d'une lumière dorée et argentée — nos signatures magiques, mais chaotiques et incontrôlées. Des étudiants se déplacent prudemment sur les chemins glissants, et je peux voir des équipes de maintenance s'efforcer de dégager la glace des portes et des fenêtres.

Le professeur explique :

— Ça a commencé doucement. Du givre se formant en motifs inhabituels, des fluctuations de température mineures. Mais ça n'a cessé de s'intensifier tout au long de la journée.

— Parce que notre lien a été rompu, je réalise, les implications me frappant comme une douche froide. La connexion magique que nous avons bâtie... quand je m'en suis retirée, elle s'est déstabilisée.

— Pas rompu, me corrige Elian. Distendu. Je pouvais toujours te sentir, mais c'était comme... Il cherche les mots justes. Comme essayer d'entendre de la musique à travers des parasites. La connexion est là, mais elle ne circule pas correctement.

Je me rapproche de lui, et immédiatement, les motifs chaotiques de givre commencent à s'organiser en dessins plus ordonnés. Le soulagement sur son visage est si évident que j'ai mal à la poitrine.

— Je suis désolée, je dis doucement. J'ai laissé la peur guider mes décisions au lieu de faire confiance à ce que nous avons construit ensemble.

— Quel genre de peur ? demande-t-il, bien que son ton suggère qu'il s'en doute déjà.

Je lui parle des révélations concernant les partenariats de Magie Profonde et leurs antécédents historiques, de ma terreur que ce que nous ressentons ne soit pas réel ou que je ne sois pas assez forte pour ce que cela pourrait devenir. Il était déjà au courant du discours de Connor.

— Alors tu as décidé de le mettre à l'épreuve, dit Elian quand j'ai fini. Pour voir si notre connexion était authentique ou juste une influence magique.

— Et ? intervient le professeur Glacier, bien que ses yeux anciens suggèrent qu'elle connaît déjà la réponse.

— Et j'ai eu l'impression qu'il manquait la moitié de mon âme, j'admets. Le moindre de mes instincts me hurlait de te trouver, de réparer ce que j'avais brisé. Ce n'était pas la magie qui me poussait vers toi, c'était moi-même.

Les motifs de givre sur les fenêtres se transforment en quelque chose de magnifique et de symétrique alors que notre lien retrouve son harmonie. Mais l'expression du professeur Glacier reste troublée.

— Bien que vos retrouvailles soient réconfortantes, dit-elle, l'instabilité magique que vous avez déclenchée a attiré l'attention d'acteurs extérieurs à l'université.

Elle se déplace au centre de l'observatoire et fait un geste d'une de ses mains massives. L'air miroite, et soudain, nous regardons une carte en trois dimensions de la région environnante, parsemée de lumières clignotantes qui, je le comprends, représentent des stations de surveillance magique.

— Chacune de ces stations a détecté les fluctuations, explique-t-elle en montrant des groupes d'indicateurs qui clignotent rapidement. Les répercussions se sont étendues sur près de quatre-vingts kilomètres dans toutes les directions.

Mon estomac se noue.

— Quatre-vingts kilomètres ?

— Les partenariats de Magie Profonde n'affectent pas seulement les personnes impliquées, dit sombrement le professeur Glacier. Ils affectent tout l'écosystème magique qui les entoure. Lorsque votre lien s'est déstabilisé, il a créé des cascades de résonance à travers chaque nœud magique majeur des territoires du nord.

— Concrètement, qu'est-ce que ça veut dire ? demande Elian, bien que son teint pâle suggère qu'il s'en doute déjà.

— Cela signifie, dit une nouvelle voix depuis l'entrée de l'observatoire, que vous avez réussi à attirer l'attention de personnes qui se contentaient parfaitement de vous ignorer jusqu'à présent.

Nous nous tournons pour voir le professeur Blitzen entrer, ses cheveux argentés crépitant avec plus d'énergie électrique que d'habitude. Derrière elle se tiennent deux silhouettes que je ne reconnais pas — une grande femme vêtue de robes bleu nuit et un homme plus petit dont la simple présence fait chuter sensiblement la température dans la pièce.

— Magistrat Stormwind, dit formellement le professeur Glacier. Lord Frostborn. Je ne vous attendais pas de si tôt.

*Lord Frostborn.* Ce nom me donne un frisson qui n'a rien à voir avec la température. Je sens Elian devenir très rigide à côté de moi, sa main trouvant instinctivement la mienne.

— Oncle, dit doucement Elian, et j'entends des volumes d'histoire compliquée dans ce seul mot.

— Prince Elian. L'homme incline formellement la tête, mais ses yeux bleu glacier — si semblables à ceux d'Elian — sont dépourvus de toute chaleur. Ou devrais-je dire, M. Frost ? Je crois comprendre que vous opérez sous une fausse identité.

— Cette identité m'a été fournie pour ma protection, répond Elian prudemment. Comme vous le savez très bien.

— Une protection qui a apparemment échoué de façon spectaculaire, étant donné les perturbations magiques que vous avez créées. Le regard de Lord Frostborn se déplace vers moi, et j'ai l'impression d'être jaugée par l'hiver en personne. Mademoiselle Prancer, je présume. Le catalyseur de cette... situation.

— Je suis sa partenaire, dis-je, relevant le menton malgré l'intimidation qui émane de l'homme. Universitaire et autre.

— Oui, c'est ce qu'on m'a dit. Son sourire est aussi tranchant que de la glace qui se brise. Comme c'est romantique. Et comme c'est totalement inapproprié pour quelqu'un du rang du prince Elian.

Ce rejet désinvolte me pique au vif, mais avant que je puisse répondre, le magistrat Stormwind s'avance.

— Lord Frostborn, opinions personnelles mises à part, nous sommes ici pour évaluer la situation objectivement. Elle se tourne vers le professeur Blitzen. Quel est l'état actuel de leur stabilité magique ?

— Rétablie, depuis environ vingt minutes, répond le professeur Blitzen. Les anomalies à l'échelle du campus ont cessé lorsqu'ils ont rétabli leur lien.

— Et leur état de préparation pour les épreuves ?

— Excellent, en supposant qu'il n'y ait pas d'autres perturbations. Le ton du professeur Blitzen est porteur d'un avertissement qui n'échappe à personne dans la pièce. Ils ont fait preuve de progrès remarquables dans les techniques de magie collaborative.

— Des progrès qui n'auront aucun sens s'ils ne peuvent maintenir une stabilité émotionnelle, observe Lord Frostborn. L'incident d'aujourd'hui prouve que leur partenariat est fondamentalement volatile.

— L'incident d'aujourd'hui, dis-je, ma colère prenant finalement le pas sur ma prudence, prouve que notre lien est réel et nécessaire. Quand j'ai tenté de le réprimer, la magie elle-même s'est rebellée.

— Une théorie intéressante, dit le magistrat Stormwind d'un air songeur. Et qui soulève des questions importantes sur la nature de votre connexion.

Elle fait un geste, et l'air se remplit de diagrammes tourbillonnants qui ressemblent à des graphiques d'analyse magique.

— Les signatures énergétiques que nous avons détectées aujourd'hui correspondent aux archives historiques de seulement trois partenariats antérieurs — qui se sont tous soldés soit par un succès spectaculaire, soit par un échec catastrophique.

— Ce qui veut dire ? demande Elian.

— Ce qui veut dire, dit Lord Frostborn avec une satisfaction évidente, que votre partenariat représente exactement le type de force déstabilisatrice que les cours ont travaillé pendant des siècles à empêcher.

— Ou, intervient le professeur Glacier, il représente exactement le type de potentiel collaboratif que les cours ont eu trop peur de développer correctement.

La température dans l'observatoire chute encore de dix degrés alors que l'expression de Lord Frostborn se durcit.

— La Cour du Givre a maintenu sa stabilité pendant trois siècles en évitant précisément ce genre d'expérimentation imprudente.

— La même stabilité qui a mené au meurtre de mon père ? demande Elian à voix basse, et les mots tombent dans la pièce comme des pierres dans une eau dormante.

— Prudence, mon neveu. La voix de Lord Frostborn porte un avertissement mortel. Certains sujets ne se prêtent pas à une discussion publique.

— Nous ne sommes pas en public, réplique Elian en se redressant de toute sa hauteur. Nous sommes dans un cadre académique, à discuter du partenariat magique que j'ai choisi de poursuivre. La vision de mon père pour la magie collaborative est directement pertinente à cette conversation.

— La vision de votre père a failli détruire le royaume.

— La vision de mon père n'a jamais eu une chance réelle de réussir. La voix d'Elian est empreinte de l'autorité pour laquelle il est né, sa formation royale prenant enfin le dessus sur des années de dissimulation prudente. Elle a été étouffée par des gens qui profitaient du système actuel de ségrégation magique.

La confrontation s'intensifie rapidement, et je sens la pression magique monter dans la pièce alors que les pouvoirs des deux hommes réagissent à leurs états émotionnels. De la glace se forme sur toutes les surfaces, et les motifs d'aurore visibles à travers les fenêtres deviennent agités et chaotiques.

— Assez, dit fermement le magistrat Stormwind, et l'autorité dans sa voix nous fait tous reculer d'un pas. Dynamiques familiales personnelles mises à part, nous sommes ici pour évaluer une situation spécifique.

Elle se tourne pour nous faire face directement, à Elian et à moi.

— Les Épreuves du Givre se dérouleront comme prévu dans quatre jours. Cependant, étant donné l'incident d'aujourd'hui, les conditions ont changé.

Mon cœur se serre.

— Changé comment ?

— Vous vous produirez sous une surveillance accrue. Des représentants de plusieurs cours, de la Commission Inter-magique de Stabilité et du Conseil de l'Équilibre Saisonnier seront présents pour évaluer non seulement vos progrès académiques, mais aussi votre aptitude à une collaboration magique continue.

— En d'autres termes, ajoute Lord Frostborn avec une satisfaction évidente, vous vous produirez devant les personnes qui décideront si votre partenariat est autorisé à se poursuivre au-delà de ces épreuves.

— Et si nous ne répondons pas à leurs exigences ? je demande, bien que je sois presque sûre de ne pas vouloir connaître la réponse.

— Séparation immédiate et suppression magique, répond le magistrat Stormwind d'un ton neutre. Pour la sécurité de toutes les personnes impliquées.

Les mots restent en suspens dans l'air, comme une condamnation à mort. Tout ce que nous avons construit, tout ce que nous avons découvert sur nous-mêmes et l'un sur l'autre, serait détruit si nous ne parvenions pas à prouver notre valeur à des gens qui ont déjà décidé que nous étions dangereux.

— Cependant, dit le professeur Blitzen en s'avançant avec son défi caractéristique, je dois souligner que plusieurs membres du corps professoral sont prêts à témoigner en leur faveur. Leurs progrès ont été exceptionnels selon toutes les normes mesurables.

— Sauf en matière de stabilité émotionnelle, observe Lord Frostborn. Ce que l'incident d'aujourd'hui prouve qu'ils manquent fondamentalement.

— L'incident d'aujourd'hui, dis-je en retrouvant ma voix, a été causé par une décision prise par peur de ma part, celle de réprimer notre connexion. Ça ne se reproduira plus.

— Vous semblez en être très certaine, dit le magistrat Stormwind, bien que son ton suggère plus de la curiosité que du scepticisme.

— J'en suis certaine, je réponds en attrapant la main d'Elian. Au moment où nos doigts se touchent, une lumière dorée et argentée commence à spiraler autour de nous, mais cette fois, elle est contrôlée, délibérée, magnifique. Parce que je comprends maintenant que notre lien n'est pas quelque chose qu'on peut activer ou désactiver. Il est fondamental à ce que nous sommes quand nous sommes ensemble.

— Et si la pression devient trop forte ? insiste Lord Frostborn. Si la surveillance, les attentes, les implications politiques s'avèrent écrasantes ?

Je regarde Elian, voyant ma propre détermination se refléter dans ses yeux pâles.

— Alors nous affronterons ces défis ensemble, comme les partenariats sont censés le faire.

— Ensemble, approuve Elian, sa voix portant une certitude absolue.

La lumière magique autour de nous s'intensifie, et je sens notre lien se stabiliser dans une configuration plus profonde et plus stable que tout ce que nous avions atteint auparavant. Le chaos du début de journée semble un lointain souvenir par rapport à l'harmonie qui circule entre nous maintenant.

— Quatre jours, dit finalement le magistrat Stormwind. Utilisez-les à bon escient.

Alors que les officiels se préparent à partir, Lord Frostborn s'arrête à l'entrée de l'observatoire.

— Prince Elian, dit-il doucement, j'espère que vous comprenez ce que vous risquez. Pas seulement pour vous-même, mais pour l'avenir de la Cour du Givre elle-même.

— Je comprends que je suis en train de bâtir quelque chose qui vaut la peine de tout risquer, répond Elian. Je pense que Père l'aurait compris aussi.

L'expression de Lord Frostborn est traversée d'un éclair qui aurait pu être du chagrin avant que le masque froid ne se remette en place.

— Nous verrons bien.

Après leur départ, l'observatoire semble soudainement vide malgré notre présence. Je m'approche des fenêtres, regardant le campus qui scintille encore de l'énergie magique résiduelle de notre perturbation antérieure.

— Quatre jours, je dis doucement.

— Quatre jours, approuve Elian en me rejoignant à la fenêtre. Face à des adversaires qui ont déjà décidé que nous sommes trop dangereux pour réussir.

— Alors, nous allons leur prouver qu'ils ont tort, dis-je, surprise par l'assurance dans ma voix. Nous allons leur montrer que l'amour et la magie, lorsqu'ils travaillent ensemble, créent quelque chose de plus fort que la peur et le contrôle ne le pourront jamais.

Quatre jours pour sauver notre avenir. Quatre jours pour prouver que ce que nous avons construit valait la peine d'être préservé.

En regardant Elian, sentant la certitude absolue de notre connexion vibrer sous ma peau, je me dis que nous avons peut-être une chance.

Si nous parvenons à survivre à la pression assez longtemps pour atteindre les épreuves.

# Le Début Des Épreuves Du Givre

**E**LIAN

Le matin des épreuves se leva, clair et froid, avec une aurore qui peignait le ciel de nuances d'argent et d'or — des couleurs qui me rappelaient les spectacles magiques que Fiona et moi avions créés ensemble. Debout à la fenêtre de mon observatoire, je regardais les carrosses officiels arriver sur le campus, telles des pièces se mettant en position sur un échiquier politique.

Des représentants de chaque cour magique majeure de l'hémisphère nord sortirent de leurs véhicules, vêtus de tenues qui affichaient leurs allégeances et leurs intentions. La surveillance élargie que la Magistrat Stormwind avait promise était plus étendue que ce que même mes instincts politiques, aiguisés à la cour, avaient pu anticiper.

À travers notre lien, je pouvais sentir le mélange de terreur et de détermination de Fiona alors qu'elle se préparait au Pavillon des Métamorphes. L'énergie de Brynn, la métamorphe-renarde, lui apportait un soutien chaleureux, lui offrant du chocolat chaud et des encouragements constants qui détendirent légèrement le nœud qui m'oppressait la poitrine. Au moins, Fiona avait des amis qui la soutiendraient quelles que soient les complications politiques.

Les quatre jours qui avaient suivi l'incident d'instabilité magique avaient été intensifs pour nous deux : des séances d'entraînement de l'aube au crépuscule avec le professeur Hoof, des exercices de méditation avec le professeur Glacier et d'innombrables heures à perfectionner notre synchronisation jusqu'à ce que nous puissions maintenir une harmonie parfaite même sous un stress délibéré. Mais plus important encore, ces journées avaient été consacrées à reconstruire la confiance, à apprendre à être vulnérables l'un envers l'autre, à choisir le partenariat plutôt que la sécurité de la distance émotionnelle.

Je revêtis ma tenue d'épreuve officielle — blanc argenté avec des motifs de givre qui avaient été tissés par des maîtres artisans de la Cour du Givre elle-même. Le tissu portait de subtiles améliorations magiques destinées à amplifier mes capacités naturelles, mais je me surprenais à moins penser à l'avantage magique qu'à ce que cette tenue représentait : la fin de la dissimulation, l'acceptation de ma véritable identité, le choix de me présenter en tant que Prince Elian Frostborn plutôt que l'étudiant transféré anonyme que j'avais prétendu être.

La Grande Arène avait été transformée en quelque chose qui ressemblait plus à une procédure judiciaire officielle qu'à une évaluation académique. Des plateformes d'observation cristallines s'élevaient en gradins autour de l'espace central, tandis que des barrières magiques vibraient d'une énergie protectrice conçue pour contenir toute la puissance que nous pourrions déchaîner.

Mais c'est le public qui mit mon entraînement royal en état d'alerte maximale.

La délégation de la Cour du Givre siégeait dans un arrangement formel, leurs tenues bleu nuit créant un mur d'autorité austère que je reconnaissais de mes souvenirs d'enfance des cérémonies d'État. Mon oncle Aldric — Lord Frostborn — occupait la place centrale, son expression soigneusement neutre alors que ses yeux pâles croisaient les miens à travers l'arène. Un léger hochement de tête, à peine perceptible, reconnut notre lien de parenté tout en maintenant une distance politique appropriée.

Les autres cours s'étaient positionnées avec une cérémonie égale. Les représentants de la Cour de l'Été resplendissaient dans des robes dorées qui semblaient générer leur propre chaleur, leurs signatures magiques rayonnant le genre de confiance qui vient de la conviction d'être le centre du monde magique. Les délégations de la Cour du Printemps portaient un vert vivant qui bougeait comme des feuilles au vent, leur pouvoir dégageant une impression de fraîcheur et d'optimisme malgré la gravité des circonstances. Les robes orange brûlé et rouge profond de la Cour de l'Automne créaient un contraste élégant, leur énergie portant le poids des récoltes et des fins de cycle, des cycles qui se complètent.

Et au-dessus d'eux tous, dans une loge qui semblait flotter indépendamment dans les airs, siégeaient les trois personnages dont la présence poussait instinctivement chaque être magique dans l'arène à se redresser : le Conseil de l'Équilibre Saisonnier, la plus haute autorité magique du royaume.

*Ça y est*, pensai-je alors que Fiona apparaissait à mes côtés. *Fini de faire semblant. Fini de se cacher. Aujourd'hui, nous prouvons ce que la magie collaborative peut accomplir, ou nous échouerons assez publiquement pour justifier toutes les craintes qu'ils nourrissent à l'égard de partenariats comme le nôtre.*

— Respire, dis-je doucement, sans être certain de la rassurer ou de me rassurer moi-même. Elle était magnifique dans sa tenue d'entraînement officielle — un bleu profond avec des broderies argentées qui captaient la lumière à chacun de ses mouvements, des couleurs qui complétaient ma propre tenue d'une manière qui avait probablement été planifiée par quelque administrateur attentionné. — Ils sont là pour juger notre performance, pas pour nous exécuter.

— La distinction me semble purement théorique, répondit-elle, mais je la sentis se ressaisir à travers notre lien, puisant dans cette même détermination qui m'avait attiré chez elle des mois auparavant.

Grâce à notre connexion, je pouvais sentir sa conscience du poids politique qui pesait sur nous de toutes parts. Ce n'était pas seulement une épreuve académique, c'était une démonstration publique visant à déterminer si les partenariats magiques entre différentes espèces pouvaient supporter le type de pression que les alliances royales exigeaient.

Le professeur Hoof s'approcha avec son mélange habituel de fierté et d'inquiétude, nous donnant des instructions finales que j'entendais à peine par-dessus les battements de mon propre cœur. Le professeur Blitzen expliqua les phases de l'épreuve avec une précision clinique :

démonstration individuelle, construction collaborative, réponse adaptative. Chacune conçue pour tester non seulement nos capacités magiques, mais aussi notre aptitude aux responsabilités politiques qui en découleraient.

Quand la voix magiquement amplifiée de la Magistrat Stormwind nous appela à nos positions, je sentis le poids de centaines de regards étudiant chacun de nos mouvements. L'équipement de surveillance se mit à vrombir, enregistrant les signatures magiques, les états émotionnels et les lectures de compatibilité qui seraient analysés bien après la fin de cette journée.

*Tout ce qui en vaut la peine est dangereux,* pensai-je, me remémorant les paroles de Maître Wynne d'il y a si longtemps. *Et ce partenariat en vaut vraiment la peine.*

— Phase Un, annonça la Magistrat Stormwind. Démonstration individuelle. Chaque participant présentera ses capacités magiques de manière indépendante, sans l'aide de son partenaire.

Le sol de l'arène se modifia, créant deux plateformes distinctes espacées de quinze mètres. Assez proches pour que je puisse encore sentir notre lien comme une constante chaleureuse dans ma poitrine, mais assez éloignées pour que nous devions faire face seuls pour la première fois depuis des semaines.

— Mademoiselle Prancer, vous commencerez.

À travers notre connexion, je sentis le pic d'anxiété de Fiona alors qu'elle montait sur sa plateforme. Le silence qui tomba sur l'arène était absolu, lourd des attentes de personnes qui évaluaient si une métamorphe-renne de classe moyenne pouvait se tenir en partenaire égale de la royauté magique.

*Montre-leur,* pensai-je, déversant toute ma confiance à travers notre lien. *Montre-leur exactement qui tu es.*

Quand Fiona puisa dans sa magie, je sentis le moment où elle découvrit à quel point l'entraînement intensif l'avait changée. La chaleur dorée qui avait toujours été belle devint quelque chose de plus profond, de plus complexe, connecté à une puissance qui semblait ancienne et vaste.

Ce qu'elle créa me coupa le souffle.

La lumière tourbillonnait autour d'elle en motifs plus complexes que tout ce que j'avais vu auparavant, mais ce n'était pas un simple spectacle magique. Elle racontait l'histoire de son peuple : des rennes en plein vol portant l'espoir aux confins du monde, le courage nécessaire pour combler le fossé entre le monde magique et le monde ordinaire, la force trouvée dans le service de quelque chose de plus grand que soi.

Puis elle montra ce qu'elle avait appris à l'UPN, et je sentis les larmes me piquer les yeux lorsque sa magie s'étendit vers ma plateforme en reconnaissance de notre partenariat, même pendant une démonstration individuelle. Elle comprenait, d'une manière que l'éducation magique formelle ne m'avait jamais enseignée, que le vrai pouvoir venait de la collaboration plutôt que de la domination.

Quand sa magie se calma enfin, le silence s'étira pendant plusieurs battements de cœur avant que des applaudissements n'éclatent de tous les coins de l'arène. Même les représentants qui étaient venus déterminés à trouver des failles étaient visiblement émus par ce dont ils avaient été témoins.

— Remarquable, murmura quelqu'un depuis la plateforme du Conseil, et à travers notre lien, je sentis la vague de fierté et de soulagement de Fiona.

— Prince Elian, appela la Magistrat Stormwind. Votre démonstration.

Mon tour.

Je montai sur la plateforme et laissai enfin tomber vingt ans de contrôle minutieux. Pas la retenue diplomatique que j'avais maintenue en public, mais la suppression plus profonde du pouvoir que j'avais appris à être nécessaire pour survivre. Pour la première fois depuis mes sept ans, je fis appel à toute l'étendue de mon héritage magique.

La température dans l'arène chuta brutalement alors que l'hiver brut répondait à mon appel. Mais je ne me contentais pas de faire étalage de puissance — je créais de l'art, de l'architecture, de la beauté sculptée dans l'élément le plus rude de la nature. La glace jaillit de ma plateforme en flèches cristallines qui capturaient et reflétaient la lumière de l'aurore filtrant à travers le dôme de l'arène, chaque structure chantant avec une résonance harmonique qui semblait capturer l'espoir lui-même.

Et tissé à travers chaque cathédrale de glace, chaque spirale délicate, se trouvait un motif qui correspondait au rythme des battements de cœur de Fiona — une preuve visible que même dans une performance individuelle, je pensais à notre partenariat, puisant ma force dans la connexion que nous avions bâtie ensemble.

Au moment où j'eus terminé, l'arène s'était transformée en un paysage hivernal féerique si beau que plusieurs membres du public pleuraient ouvertement. Les structures de glace semblaient retenir la lumière en leur sein, créant un environnement à la fois magnifique et accueillant, puissant et protecteur.

*Voilà,* pensai-je avec satisfaction alors que les applaudissements grondaient autour de nous, *à quoi ressemble la magie de glace royale lorsqu'elle est alimentée par l'amour plutôt que par le devoir.*

— Phase Deux, annonça la Magistrat Stormwind, et je sentis nos plateformes fusionner à nouveau en un seul espace. Construction collaborative. Les participants travailleront ensemble pour créer une structure magique qui démontre à la fois leur compétence technique et leur vision artistique.

C'était ce pour quoi nous nous étions entraînés : la chance de montrer ce que nous pouvions accomplir lorsque notre magie s'écoulait ensemble sans réserve ni crainte. Je me plaçai aux côtés de Fiona, et au moment où nos mains se touchèrent, je sentis que nos démonstrations individuelles n'étaient que pâles reflets de ce que nous pouvions créer ensemble.

La chaleur dorée rencontra la précision cristalline en parfaite harmonie, mais c'était plus qu'une simple compatibilité magique. C'était une synchronisation émotionnelle, un partenariat intellectuel, une union spirituelle manifestée d'une manière qui défiait toutes les définitions des manuels sur la magie collaborative.

Ce que nous avons construit ensemble transcendait toute description.

Cela a commencé comme un pont enjambant toute l'arène — de la glace et de la lumière tissées ensemble en motifs qui semblaient danser et respirer de leur propre vie. Mais cela a évolué en quelque chose de bien plus complexe : un témoignage vivant de ce que la société magique pourrait devenir si les barrières artificielles étaient dissoutes en faveur d'un véritable partenariat.

Grâce à notre vision commune, j'ai montré aux représentants des cours des scènes de collaboration qui n'avaient jamais existé mais qui le pourraient : des partenariats entre des espèces à qui l'on avait appris à se craindre, des techniques magiques qui nécessitaient plusieurs types de pouvoir pour atteindre leur plein potentiel, un avenir où la diversité serait célébrée comme une force plutôt que tolérée comme une faiblesse.

La structure grandissait et changeait, répondant à la fois à notre direction consciente et aux vérités plus profondes qui coulaient à travers notre lien. Je sentais les rêves de Fiona d'un monde où la capacité magique importerait plus que la lignée, où l'innovation serait récompensée plutôt que la tradition, où l'amour serait considéré comme un atout plutôt qu'un handicap dans les partenariats magiques.

Au moment où nous avons terminé, toute l'arène était remplie de lumière et de glace en parfait équilibre, créant un environnement si beau et harmonieux que l'air lui-même semblait chanter de possibilités.

Les applaudissements furent assourdissants, mais j'étais perdu dans la rémanence de notre magie, dans la justesse absolue de ce que nous avions créé ensemble. À travers notre lien, je sentis l'émerveillement et la satisfaction identiques de Fiona — nous venions de prouver au-delà de tout doute que la magie collaborative n'était pas seulement possible, mais transformatrice.

— Phase Trois, annonça la Magistrat Stormwind, et je sentis mon entraînement royal se remettre en alerte alors que notre magnifique structure se dissolvait. Réponse adaptative.

Ce qui apparut ensuite me glaça le sang.

Le sol de l'arène s'ouvrit pour révéler un gouffre rempli d'énergie magique chaotique — des ténèbres tourbillonnantes traversées d'une puissance instable qui déclencha tous les instincts de protection que j'avais hérités en alertes hurlantes. Ce n'était pas seulement un test de nos capacités magiques ; c'était une simulation du genre de désastre magique qui avait historiquement détruit des royaumes entiers.

— Une tempête magique a piégé des civils, expliqua la magistrat. Vous devez travailler ensemble pour créer un chemin de sauvetage tout en contenant l'énergie chaotique. Tout manquement au contrôle entraînera la fin immédiate de l'épreuve.

*Des civils.* Je regardai dans le gouffre et je les vis — des constructions magiques conçues pour simuler des individus piégés, mais suffisamment réalistes pour que ma conscience exige une action, quelle que soit leur nature artificielle. C'était le test qui déterminerait si notre partenariat pouvait gérer non seulement la beauté et l'harmonie, mais aussi la crise et la pression de la vie ou de la mort.

— Ensemble ? demandai-je à Fiona, et j'entendis dans sa voix la même détermination féroce que je sentais dans ma poitrine quand elle répondit : — Ensemble.

Nous nous avançâmes jusqu'au bord du gouffre, et je sentis notre lien s'approfondir d'une manière que je n'aurais pas cru possible. L'énergie chaotique en dessous de nous était conçue pour perturber les partenariats magiques, pour créer exactement le genre d'interférences qui séparaient les mages collaborant lorsque la coopération était la plus cruciale.

Mais alors que nous commencions à tisser notre magie ensemble — ma glace fournissant la structure pendant que sa lumière guidait, mon entraînement royal offrant la pensée stratégique tandis que ses instincts de métamorphe trouvaient des solutions que la pure logique ne pouvait atteindre — je réalisai que tout ce que nous avions traversé nous avait préparés exactement pour ce moment.

Pas seulement l'entraînement académique, mais la confiance que nous avions bâtie en étant honnêtes sur nos peurs. L'amour que nous avions choisi malgré les complications politiques. La certitude absolue que quoi que nous affrontions, nous l'affronterions en tant que partenaires plutôt qu'en tant qu'individus essayant de se protéger mutuellement par la séparation.

Le sauvetage fut l'acte magique le plus difficile que j'aie jamais tenté. Une synchronisation à la fraction de seconde était nécessaire pour créer des chemins de magie stable à travers la tempête chaotique, tandis qu'une communication parfaite nous maintenait synchronisés malgré les interférences magiques qui tentaient de déchirer notre connexion. Mais avec chaque construction de civil que nous tirions en sécurité, nous démontrions quelque chose qu'aucune performance individuelle n'aurait pu montrer.

Nous avons prouvé que deux personnes qui se faisaient entièrement confiance pouvaient accomplir l'impossible.

Alors que l'arène revenait à la normale et que l'équipement de surveillance s'éteignait, je ne ressentis pas d'épuisement, mais de l'exaltation. Nous leur avions tout montré : la maîtrise individuelle, la beauté collaborative, la gestion de crise et la confiance profonde qui rendait tout cela possible.

— Les épreuves sont terminées, annonça la Magistrat Stormwind. Le comité d'évaluation va maintenant délibérer. Les résultats seront annoncés d'ici une heure.

Une heure pour savoir si tout ce que nous avions construit ensemble serait autorisé à continuer, ou si la peur politique l'emporterait sur la preuve magique.

En regardant Fiona, en voyant la fierté, l'amour et la certitude absolue dans ses yeux verts, je compris que, quel que soit le verdict officiel, nous avions déjà remporté la seule bataille qui comptait vraiment.

Nous nous étions prouvé à nous-mêmes que notre partenariat était assez fort pour supporter tout ce que le monde magique pouvait exiger de lui.

*Tout ce qui en vaut la peine est dangereux,* pensai-je, en serrant la main de Fiona alors que les représentants des cours entamaient leurs consultations chuchotées. *Et ça, ça en vaut vraiment la peine.*

Le reste n'était que politique.

# Le Retour Des Émissaires Royaux

F IONA

L'heure de délibération semblait durer une éternité.

Elian et moi étions assis dans une petite antichambre adjacente à l'arène, le résidu magique de notre épreuve vibrant encore sous notre peau. À travers les murs cristallins, nous pouvions entendre les sons étouffés d'une discussion intense provenant du comité d'évaluation — des voix s'élevant et s'abaissant dans ce qui était clairement un débat houleux.

— Ils se disputent, fis-je remarquer en pressant mon oreille contre le mur.

— Et pas qu'un peu, convint Elian, l'air troublé. Je distingue la voix de Lord Frostborn, et il n'a pas l'air content.

Avant que je puisse répondre, la porte de la chambre s'ouvrit brusquement. Mais au lieu du professeur Hoof ou de l'un des autres membres du corps professoral que nous attendions, trois silhouettes en tenues d'apparat de la cour entrèrent — leurs robes bleu nuit si sombres qu'elles semblaient absorber la lumière de la pièce.

— Prince Elian, dit la silhouette du centre en rabattant sa capuche pour révéler des traits acérés et des yeux comme des éclats de ciel d'hiver.

Par ordre du Conseil de la Cour du Givre, il vous est ordonné de rentrer chez vous immédiatement.

Mon sang se glaça. Ce n'étaient ni des observateurs ni des évaluateurs — c'étaient des exécuteurs de la cour, le genre d'officiels qui n'acceptaient pas un non comme réponse.

— Chancelier Arcturus, dit Elian calmement, en se levant avec la grâce fluide qui marquait son lignage royal. Je ne m'attendais pas à une visite en personne.

— Vraiment ? Le sourire du Chancelier était acéré. Vous deviez bien vous douter que la... démonstration d'aujourd'hui attirerait l'attention officielle. Les déploiements magiques que vous avez créés, la publicité entourant votre partenariat — pensiez-vous que la cour ignorerait indéfiniment de tels développements ?

— Je pensais que la cour comprenait que je terminais mes études comme convenu, répliqua Elian avec prudence. Les épreuves font partie de ce processus éducatif.

— Les épreuves sont une mascarade, dit l'un des autres exécuteurs avec dédain. Une distraction de vos véritables responsabilités. La Cour du Givre a besoin de son héritier.

— Quel genre de besoin ? demandai-je, bien que la façon dont ils évitaient mon regard suggérât que je ne faisais pas vraiment partie de cette conversation.

Le Chancelier Arcturus me jeta un regard à peine voilé d'irritation. — Mademoiselle Prancer, bien que votre... association avec le prince Elian ait été notée, les affaires de la cour ne vous concernent pas.

— Tout ce qui affecte mon partenaire me concerne, répliquai-je en me levant pour me placer à côté d'Elian. À l'instant même où je le fis, je sentis notre lien magique s'embraser de manière protectrice, une lumière dorée commençant à tournoyer autour de mes mains.

— Partenaire. Le Chancelier prononça le mot comme s'il avait un goût désagréable. Oui, nous avons entendu parler de ce prétendu partenariat. Des plus irréguliers. Des plus inappropriés pour quelqu'un du rang du Prince.

— Il n'y a rien d'inapproprié à cela, dit Elian, sa voix portant l'autorité avec laquelle il était né. Mon partenariat avec Fiona a été officiellement reconnu par l'université et évalué par de multiples autorités magiques.

— Les partenariats académiques, dit le troisième exécuteur avec un dédain évident, ne sont pas la même chose que les alliances contraignantes requises des héritiers royaux. La cour a identifié plusieurs candidates convenables pour votre futur mariage — toutes de lignées appropriées, toutes capables de renforcer notre position politique.

*Candidates au mariage.* Les mots me frappèrent comme une douche froide. Bien sûr. J'avais été si concentrée sur les épreuves, sur la preuve de notre compatibilité magique, que j'avais en quelque sorte oublié la réalité politique la plus élémentaire : les princes ne choisissaient pas leurs propres partenaires.

— J'ai déjà choisi ma partenaire, dit fermement Elian en trouvant ma main. Et mon choix n'est pas soumis à l'approbation de la cour.

Le Chancelier Arcturus rit, d'un son sec et froid. — Votre choix ? Prince Elian, vous semblez avoir développé des idées bien romantiques sur les prérogatives royales. La Cour du Givre a survécu pendant des millénaires précisément parce que les désirs personnels sont subordonnés à la nécessité politique.

— De la même façon que les désirs de mon père ont été subordonnés ? demanda Elian calmement, et la température dans la pièce chuta de manière perceptible.

— Votre père, répliqua le Chancelier avec un calme mortel, a failli détruire le royaume avec ses expériences en magie collaborative. Nous ne permettrons pas à son fils de répéter ces erreurs.

— Une magie collaborative comme celle que nous avons démontrée aujourd'hui ? intervins-je, ma colère l'emportant finalement sur ma prudence. Une magie qui a sauvé des vies, créé de la beauté, prouvé que différents types de pouvoir travaillant ensemble sont plus forts que n'importe quelle capacité individuelle ?

— Une magie qui a déstabilisé toute une région, contra le premier exécuteur. Une magie qui nécessite une surveillance constante pour éviter un débordement catastrophique. Une magie qui prouve que Miss Prancer est soit peu disposée, soit incapable de contrôler des forces qui la dépassent.

L'accusation piqua au vif car elle contenait une part de vérité. L'instabilité magique d'il y a quatre jours avait affecté un rayon de quatre-vingts kilomètres, et bien qu'elle ait été rapidement résolue, les implications étaient indéniables.

— L'instabilité était temporaire, dit Elian. Une expérience d'apprentissage qui a conduit à un meilleur contrôle, pas la preuve d'une incompatibilité fondamentale.

— Vraiment ? Le Chancelier Arcturus fit un geste, et l'air se remplit de graphiques tourbillonnants qui ressemblaient à des rapports d'analyse magique. Parce que nos renseignements suggèrent le contraire. Des rapports de manifestations incontrôlées, de volatilité émotionnelle affectant le rendement magique, d'un partenariat qui fonctionne plus sur le sentiment que sur le contrôle rationnel.

En regardant les données — froides, cliniques, dépouillées de tout contexte — je pouvais voir comment notre partenariat pouvait paraître dangereux pour des gens qui valorisaient la stabilité par-dessus tout.

— Prince Elian, poursuivit le Chancelier, vous retournerez à la cour pour une évaluation en règle de vos capacités magiques et une discussion sur votre rôle futur. Cette expérience de partenariat est allée bien assez loin.

— Et si je refuse ? demanda Elian.

— Le refus n'est pas une option. Le second exécuteur s'avança, et je pus voir des entraves magiques commencer à se former autour de ses mains. Vous êtes l'héritier de la Cour du Givre. Vos préférences personnelles sont sans importance comparées à votre devoir envers le royaume.

Les entraves magiques s'étendirent vers Elian, mais avant qu'elles ne puissent le toucher, une lumière dorée jaillit de mes mains avec assez de force pour les briser entièrement. La pièce se remplit de la résonance harmonique de notre lien alors que ma magie s'élevait pour protéger ce qui comptait le plus pour moi.

— N'osez pas, dis-je calmement, la puissance crépitant autour de moi comme une colère visible. N'osez pas le traiter comme une propriété à récupérer.

— Miss Prancer, dit le Chancelier Arcturus, sa voix portant un nouveau respect mêlé à l'avertissement, vous interférez avec les affaires officielles de la cour. Retirez-vous, ou subissez-en les conséquences.

— Quelles conséquences ? demandai-je en faisant un pas en avant.

150

Vous allez m'arrêter pour avoir défendu mon partenaire ? Vous allez déclarer la guerre à l'Université du Pôle Nord pour avoir protégé ses étudiants ?

— Si nécessaire, répliqua froidement le Chancelier.

Avant que la confrontation ne puisse dégénérer davantage, la porte de la chambre s'ouvrit de nouveau. Cette fois, c'était la Magistrate Stormwind, flanquée de deux autres membres du Conseil de l'Équilibre Saisonnier que j'avais reconnus de la loge d'observation.

— Chancelier Arcturus, dit-elle agréablement, bien que son ton portât une autorité sans équivoque. Quelle surprise de vous trouver ici. Je ne savais pas que la Cour du Givre avait juridiction sur les étudiants passant leurs épreuves.

— Les épreuves sont terminées, répliqua le Chancelier. Les obligations académiques du prince Elian ont été remplies. Il est maintenant tenu de rentrer chez lui.

— En fait, dit la Magistrate Stormwind avec un sourire qui n'atteignait pas ses yeux, les épreuves sont entrées dans la phase de délibération. Jusqu'à ce qu'une décision finale soit rendue, tous les participants restent sous la protection du Conseil.

Ce point de droit flotta dans l'air comme un bouclier. Je pouvais voir le Chancelier se demander s'il voulait défier directement le Conseil de l'Équilibre Saisonnier.

— De plus, ajouta un autre membre du Conseil, toute tentative de retirer des participants avant la conclusion des procédures officielles constituerait une ingérence dans les processus judiciaires inter-cours. Je suis sûr que la Cour du Givre ne voudrait pas créer un incident diplomatique pour une évaluation d'étudiant.

L'expression du Chancelier Arcturus passa par plusieurs changements intéressants avant de se figer dans une fureur à peine contenue. — Ce n'est qu'un retard temporaire, rien de plus. Les obligations du prince Elian envers la cour l'emportent sur tout engagement académique.

— Peut-être, répliqua diplomatiquement la Magistrate Stormwind. Mais ces obligations devront attendre que nos délibérations soient terminées.

L'impasse s'étira pendant plusieurs moments tendus. Je pouvais sentir la magie d'Elian, enroulée et prête à côté de la mienne, préparée à tout ce qui pourrait arriver. Mais après ce qui sembla des heures, le Chancelier Arcturus recula.

— Très bien, dit-il froidement. Nous attendrons la décision du Conseil. Mais prince Elian, comprenez que ce sursis n'est que temporaire. La patience de la cour n'est pas infinie.

— La mienne non plus, répliqua Elian calmement, et il y avait quelque chose dans sa voix qui fit que les trois exécuteurs le regardèrent avec une attention nouvelle.

Après leur départ, la chambre parut soudainement vide malgré notre présence et celle des membres du Conseil.

— Merci, dis-je à la Magistrate Stormwind. Bien que je soupçonne que c'était plus une question de procédure légale que de protection personnelle.

— Vous seriez surprise, répondit-elle avec un sourire sincère. Le Conseil a suivi votre partenariat avec grand intérêt. Votre performance aujourd'hui a été... éclairante.

— De quelle manière ? demanda Elian.

— De toutes les manières qui comptent pour la décision que nous sommes sur le point de rendre. Elle se dirigea vers la porte, puis fit une pause. Un conseil : quelle que soit notre décision aujourd'hui, la pression politique à laquelle vous êtes confrontés ne fera que s'intensifier. Assurez-vous d'être préparés à cette réalité.

Après le départ des membres du Conseil, Elian et moi restâmes seuls dans la chambre, le poids de tout ce qui venait de se passer s'abattant sur nous comme une lourde chape.

— Ils vont essayer de nous séparer, dis-je doucement. D'une manière ou d'une autre, ils vont trouver un moyen de mettre fin à ce partenariat.

— Qu'ils essaient, répliqua Elian, sa voix portant l'acier que vingt années passées à se cacher avaient forgé en lui. J'ai passé toute ma vie à entendre ce que je devais aux attentes des autres. J'en ai fini avec ça.

— Mais la cour, tes responsabilités, l'héritage de ton père...

— L'héritage de mon père, m'interrompit-il, était de croire que l'amour et la collaboration pouvaient changer le monde pour le meilleur. Honorer cet héritage signifie choisir de se battre pour ce que nous avons construit ensemble, pas de se rendre à des gens qui l'ont tué pour avoir eu des idées similaires.

En le regardant — en ne voyant pas un prince réticent mais quelqu'un qui avait enfin trouvé sa véritable raison d'être — je ressentis une vague de fierté féroce. Quelles que soient les tempêtes politiques à venir, quelles que soient les forces qui s'aligneraient contre nous, nous les affronterions ensemble.

— Certaines choses valent n'importe quel combat, dis-je, la conviction dans ma voix me surprenant moi-même.

— Et ça, répondit-il en me rapprochant de lui alors que notre magie s'embrasait autour de nous en une harmonie provocatrice, ça vaut vraiment la peine de se battre.

À travers les murs cristallins, nous pouvions entendre le débat dans la chambre d'évaluation atteindre son paroxysme. Dans quelques instants, nous saurions si notre partenariat avait un avenir.

Mais en regardant Elian, en sentant la certitude absolue de notre lien malgré toutes les tentatives de le briser, je réalisai que les épreuves nous avaient déjà donné quelque chose de plus précieux qu'une approbation officielle.

Elles avaient prouvé que ce que nous ressentions l'un pour l'autre était plus fort que le devoir, la politique ou la peur.

Maintenant, il ne nous restait plus qu'à prouver que c'était assez fort pour survivre à la suite.

# *Pouvoir Déchaîné*

〜

E LIAN
La délibération s'est prolongée pendant encore une heure,
chaque minute semblant durer une éternité tandis que les voix
s'élevaient et s'abaissaient derrière les murs de la salle. Mon ouïe amélio-
rée, aiguisée par des années d'intrigues de cour, a capté des fragments de
débats houleux qui ont mis mes instincts royaux en alerte.

— Ils sont dans une impasse, ai-je dit doucement à Fiona en pressant
l'oreille contre le mur cristallin. J'entends mon oncle Aldric se disputer
avec quelqu'un de la Cour de l'Été, et le ton monte.

Les implications politiques étaient vertigineuses. Un comité d'évaluation dans l'impasse signifiait que notre partenariat avait divisé l'establishment magique si profondément qu'il ne parvenait pas à un
consensus. En politique de cour, cela menait généralement à l'une de ces
deux issues : un compromis qui ne satisfaisait personne, ou une escalade
qui réalisait les pires craintes de tout le monde.

À travers notre lien, je sentais l'anxiété de Fiona se mêler à sa détermination. Quel que soit le verdict, nous nous étions prouvé quelque
chose de crucial aujourd'hui : que notre partenariat pouvait supporter la
pression, la crise et des défis impossibles sans se briser.

Quand la professeure Blitzen est apparue, son énergie électrique à peine contenue crépitant autour de ses cheveux argentés, j'ai su que l'attente était terminée. Son calme étudié ne parvenait pas tout à fait à dissimuler une tension qui suggérait que la décision du comité serait plus complexe que simple.

— Le comité d'évaluation a pris une décision, a-t-elle annoncé. Ils sont prêts à annoncer les résultats.

Alors que nous retournions vers l'arène, je me suis surpris à puiser dans vingt ans d'entraînement royal à garder son sang-froid sous la pression. Quoi qu'il advienne — acceptation, rejet, approbation conditionnelle ou quelque chose d'inédit —, j'y ferais face en tant que Prince Elian Frostborn, plutôt que l'étudiant caché que j'avais prétendu être.

L'arène reconfigurée ressemblait à une procédure de cour formelle, avec le public disposé en demi-cercle et le comité d'évaluation positionné sur une estrade surélevée qui soulignait son autorité. La magistrate Stormwind se tenait derrière son pupitre de cristal, telle une juge s'apprêtant à rendre un verdict sur bien plus qu'une simple performance académique.

— Participants Fiona Prancer et Elian Frost, a-t-elle annoncé, et j'ai noté l'usage délibéré de mon nom d'emprunt plutôt que de mon titre royal. Veuillez prendre position.

En marchant vers le centre de l'arène, j'ai senti le poids de centaines de regards étudiant chacun de nos mouvements avec une intensité renouvelée. Mais au lieu de l'intimidation à laquelle je me serais attendu, j'ai ressenti quelque chose qui s'apparentait à de la paix. Nous avions démontré notre vérité aussi complètement que possible. Le reste n'était que politique.

— Le comité d'évaluation a examiné votre performance dans les trois phases des Épreuves du Givre, a poursuivi la magistrate Stormwind, son ton formel suggérant un langage soigneusement négocié. Vos démonstrations individuelles ont montré une habileté et une vision artistique exceptionnelles. Votre construction collaborative a dépassé toutes les attentes en matière de complexité technique et de résonance émotionnelle.

À travers notre lien, j'ai senti l'optimisme prudent de Fiona. Mais mes instincts, formés à la cour, ont reconnu la pause qui a suivi comme le moment où l'évaluation positive serait contrebalancée par des observations préoccupantes.

— Cependant, a-t-elle continué, et je me suis préparé à un calcul politique déguisé en évaluation académique, la phase de réponse adaptative a soulevé des inquiétudes quant à la stabilité de votre lien magique sous un stress extrême.

*Évidemment.* Ils allaient se concentrer sur le moment où nous avions dépassé les paramètres de sécurité pour sauver des vies, plutôt que sur notre succès à maintenir le contrôle malgré une interférence chaotique.

— Les relevés magiques durant le scénario de sauvetage ont montré des fluctuations de puissance qui ont dépassé les paramètres de sécurité, a expliqué la magistrate Stormwind avec une précision clinique. À plusieurs reprises, votre production d'énergie combinée a approché des niveaux qui auraient pu causer des dommages structurels à l'arène elle-même.

— Mais nous avons gardé le contrôle, a dit Fiona, incapable de se taire malgré le cadre formel. À travers notre lien, j'ai senti sa frustration de voir notre plus grande réussite reformulée comme une preuve de dangerosité. Nous avons mené à bien le sauvetage, contenu l'énergie chaotique et protégé toutes les personnes impliquées.

— C'est exact, a convenu la magistrate avec une reconnaissance diplomatique. Mais la question qui se pose à ce comité n'est pas de savoir si vous pouvez réussir dans des conditions optimales. La question est de savoir si votre partenariat représente un développement magique sûr et stable, ou une menace potentielle qui nécessite une surveillance continue.

*Surveillance continue.* L'expression m'a glacé le sang, car je la reconnaissais dans des documents de cour que j'avais étudiés pendant mon éducation politique. Cela signifiait une acceptation conditionnelle conçue pour maintenir le contrôle plutôt qu'une véritable approbation.

Avant que je puisse en mesurer toutes les implications, le chaos a éclaté dans la section du public.

— C'est exactement le genre de collaboration avide de pouvoir qui a détruit les anciens royaumes !

La voix provenait de la délégation de la Cour du Givre — pas mon oncle Aldric, mais l'un des plus jeunes représentants dont l'hostilité me rappelait de manière inconfortable la faction du chancelier Arcturus. À travers notre lien, j'ai senti la peine de Fiona face à l'accusation, son incompréhension de voir le succès traité comme la preuve d'une ambition dangereuse.

— Les a détruits, ou les a transformés en quelque chose de meilleur ? a rétorqué le professeur Glacier avec le genre d'autorité que confèrent des siècles de sagesse accumulée. Parce que les archives historiques sont loin d'être claires sur ce point.

— Les archives historiques, a dit mon oncle Aldric en se levant avec l'autorité froide qui avait fait de lui un chef de cour efficace, montrent que les partenariats de Magie Profonde déstabilisent inévitablement l'équilibre délicat qui maintient la paix entre les cours.

Je voulais argumenter, souligner que les archives historiques avaient été écrites par des gens qui profitaient de la suppression de la magie collaborative. Mais avant que je ne puisse parler, la professeure Blitzen s'est avancée avec son mépris caractéristique pour les pressions politiques.

— Les archives historiques ont été écrites par les vainqueurs, a-t-elle déclaré. Par des gens qui profitaient de la suppression de la magie collaborative.

Le débat s'est rapidement envenimé, les représentants prenant parti sur la base d'alliances politiques vieilles de plusieurs siècles plutôt que sur ce dont ils avaient réellement été témoins aujourd'hui. Grâce à mes sens améliorés, je sentais la pression magique monter dans la pièce à mesure que les émotions s'intensifiaient et que le contrôle prudent commençait à faiblir.

C'est alors que j'ai réalisé que nous avions un problème bien plus important qu'un désaccord politique.

Un jeune représentant de la Cour du Printemps s'est soudainement levé, le visage blême de terreur pure. — Vous ne le sentez pas ? a-t-il demandé, sa voix se brisant sous la tension. La résonance... elle devient plus forte. Leur lien affecte tout le monde dans la pièce.

*Oh, misère.* Il avait raison. La signature magique que Fiona et moi générions ensemble s'était étendue inconsciemment, tendant la main pour toucher chaque être magique dans l'arène. Au lieu de rester neutre, elle amplifiait les émotions que les gens ressentaient déjà — la confiance chez nos partisans, la peur chez nos opposants.

— Fiona, ai-je dit à voix basse, mon entraînement royal à la gestion de crise prenant le dessus, nous devons contenir ça. Maintenant.

À travers notre lien, je l'ai sentie puiser dans notre connexion pour tenter de rétracter la résonance grandissante. Mais au lieu de se contracter, notre magie a déferlé vers l'extérieur avec encore plus de force, cherchant des esprits et des cœurs capables de comprendre ce que nous essayions de construire.

*C'est exactement ce qu'ils craignaient,* ai-je réalisé avec une horreur grandissante. *Une influence magique incontrôlée qui dépasse notre capacité à la gérer.*

Le jeune représentant de la Cour du Printemps a eu un hoquet et s'est assis lourdement, les yeux écarquillés d'émerveillement. — Je peux sentir ce qu'ils ressentent, a-t-il murmuré. La connexion, l'harmonie... c'est magnifique.

— C'est dangereux, a sèchement répliqué mon oncle Aldric, bien que je puisse entendre l'incertitude sous sa conviction. Même lui était affecté par notre résonance grandissante, et je l'ai regardé lutter pour maintenir son opposition face à des émotions qu'il devenait impossible d'ignorer.

— Arrêtez ça, a ordonné le chancelier Arcturus depuis sa place dans le public. Vous prouvez exactement pourquoi ce partenariat ne peut être autorisé à continuer. Une influence magique incontrôlée sur des participants non consentants...

— Nous ne sommes pas non consentants, a interrompu Marcus, et j'ai ressenti une vague de gratitude pour son courage à prendre la parole malgré la pression politique. Nous pouvons choisir d'accepter la connexion ou de la rejeter. Et je choisis de l'accepter.

D'autres voix se sont jointes à la sienne — Brynn, d'autres étudiants de notre réseau, des membres du corps professoral qui avaient été touchés par notre magie lors des séances d'entraînement. Un par un, ils déclaraient leur volonté de faire partie de quelque chose de plus grand que l'isolement magique traditionnel.

Mais je pouvais aussi voir l'opposition : des représentants de cours plus âgés luttant activement contre notre résonance grandissante, leurs défenses magiques s'embrasant alors qu'ils tentaient de bloquer notre influence.

— C'est exactement ce que nous redoutions, a dit mon oncle Aldric avec une nouvelle urgence. Une influence magique qui dépasse la capacité de ses créateurs à la contrôler.

Il avait raison, et cela me terrifiait plus que n'importe quelle intrigue de cour ne l'avait jamais fait. Ce qui avait commencé comme une tentative de contenir notre magie grandissante était devenu une démonstration de la raison exacte pour laquelle certaines personnes considéraient notre partenariat comme une menace existentielle pour la société magique.

— Fiona, Elian, a crié la magistrate Stormwind, sa voix tranchante d'autorité, vous devez contenir cette résonance immédiatement, ou nous serons forcés de mettre en œuvre les protocoles de suppression d'urgence.

*Suppression d'urgence.* Je savais ce que cela signifiait : des barrières magiques conçues pour sectionner entièrement notre connexion, quelles qu'en soient les conséquences pour l'un ou l'autre d'entre nous. Le genre d'intervention qui, historiquement, laissait les deux partenaires magiquement estropiés.

— Ensemble, ai-je dit à Fiona, en saisissant sa main avec l'espoir désespéré que notre volonté combinée pourrait rétracter ce que nous avions inconsciemment déchaîné. Nous la ramenons ensemble.

Mais au moment où nos mains se sont touchées, au lieu de contenir la résonance grandissante, nous avons déclenché quelque chose de bien plus spectaculaire.

Le réseau magique qui s'était développé inconsciemment a soudainement atteint une clarté parfaite. Chaque personne dans l'arène qui avait été touchée par notre connexion s'est retrouvée liée non seulement à nous, mais aussi les uns aux autres. Les opposants politiques pouvaient soudainement percevoir les véritables motivations de chacun. Partisans et sceptiques ont fait l'expérience de perspectives qu'ils n'avaient jamais envisagées.

Pendant un instant parfait et terrifiant, l'arène est devenue un exemple vivant de ce que la société magique pourrait devenir si la collaboration remplaçait la compétition, si la compréhension remplaçait la peur.

*C'est ce que mon père avait imaginé,* ai-je pensé avec une clarté soudaine et stupéfiante. *Pas seulement des partenariats entre individus, mais des réseaux de connexion qui rendaient l'empathie inévitable.*

Et puis la réalité est revenue s'écraser sur nous.

— Assez !

La voix a retenti dans l'arène avec une force suffisante pour faire sonner les murs cristallins comme des cloches. Une des membres du Conseil de l'Équilibre Saisonnier que je n'avais pas vue auparavant se tenait dans la loge d'observation flottante, sa puissance irradiant en vagues qui ont fait reconnaître à mon entraînement magique royal l'autorité absolue quand j'y étais confronté.

D'un geste qui semblait trompeusement désinvolte, elle a sectionné chaque connexion du réseau grandissant, à l'exception du lien fondamental entre Fiona et moi.

Le silence soudain était assourdissant. J'ai senti des dizaines de personnes peinant à reprendre leur souffle après l'intensité de la connexion partagée, leurs visages mêlant l'émerveillement au soulagement d'être retournés à l'isolement familier de leurs perspectives individuelles.

— Participants Prancer et Frost, a dit la membre du Conseil, sa voix portant le genre d'autorité absolue qui a fait que même mon oncle Aldric s'est redressé par réflexe, vous venez de démontrer à la fois le potentiel et le danger de votre partenariat de la manière la plus spectaculaire possible.

À travers notre lien, j'ai senti le mélange de fierté et de terreur de Fiona face à ce que nous avions accompli. Nous avions prouvé que la magie collaborative pouvait créer une véritable compréhension entre des factions opposées — mais nous avions aussi prouvé qu'une telle magie opérait au-delà des paramètres de contrôle normaux.

— Cependant, a poursuivi la membre du Conseil, vous avez également démontré quelque chose que le comité d'évaluation ne s'attendait pas à voir : la capacité de créer de véritables réseaux collaboratifs qui respectent le choix individuel tout en favorisant la compréhension entre des groupes disparates.

Elle a désigné le public, où je pouvais voir des gens se regarder les uns les autres avec de nouvelles expressions. Pas nécessairement de l'accord, mais de la compréhension. Le bref moment d'expérience partagée avait donné à chacun un aperçu de perspectives qu'ils n'avaient jamais envisagées auparavant.

— Le Conseil de l'Équilibre Saisonnier rend la décision suivante, a-t-elle annoncé avec une cérémonie formelle. Le partenariat entre Fiona Prancer et Elian Frost a terminé avec succès les Épreuves du Givre et a démontré un potentiel collaboratif exceptionnel.

Le soulagement a déferlé à travers notre lien avec une telle intensité que j'ai failli chanceler. Nous avions gagné. Contre toute attente politique, malgré la démonstration du genre exact de pouvoir incontrôlé qui terrifiait les autorités magiques, nous avions été acceptés.

— Mais, a-t-elle continué, et je me suis préparé aux conditions qui allaient inévitablement suivre, étant donné la nature sans précédent de leur développement magique, ils poursuivront leurs études sous une surveillance élargie et avec une formation obligatoire au confinement magique à grande échelle.

À travers notre lien, j'ai senti la question de Fiona sur les implications pratiques, mais je comprenais déjà ce que « surveillance élargie » signifiait en termes politiques. Nous serions désormais des atouts précieux, trop importants pour être supprimés mais trop puissants pour être ignorés. Chacun de nos développements magiques serait étudié, nos techniques seraient analysées, et nos choix futurs auraient des implications bien au-delà de nos préférences personnelles.

— Cela signifie, a dit la magistrate Stormwind avec un sourire qui mêlait félicitations et avertissement, que vous avez prouvé que votre partenariat est trop précieux pour être supprimé et trop puissant pour être ignoré. Félicitations. Vous venez de devenir les étudiants les plus étroitement surveillés de l'histoire de l'éducation magique.

Alors que l'arène commençait à se vider et que les délégations des cours se préparaient à retourner dans leurs territoires respectifs, j'ai senti le poids de ce que nous avions accompli s'installer autour de moi comme un manteau royal. Nous avions remporté plus qu'une simple acceptation académique — nous avions forcé l'establishment magique à reconnaître que la magie collaborative pouvait créer la compréhension plutôt que seulement le pouvoir.

Mais nous avions aussi révélé des capacités qui nous rendraient précieux pour certains et menaçants pour d'autres. La tempête politique qui s'était formée autour de nous était sur le point de devenir un ouragan d'intérêts concurrents.

— Prête pour la suite ? ai-je demandé à Fiona, ma main toujours liée à la sienne alors que notre magie se stabilisait en des schémas qui seraient probablement surveillés et analysés pour les années à venir.

— Avec toi comme partenaire ? a-t-elle répondu, faisant écho à notre vieil appel et réponse avec une nouvelle signification, maintenant que nous étions officiellement devenus une force capable de remodeler la société magique. Je pense que nous pouvons tout affronter.

En regardant autour de l'arène ces visages qui avaient été brièvement connectés à notre vision de la magie collaborative, je n'ai pas ressenti de peur, mais de l'anticipation. Nous n'avions pas seulement réussi les épreuves, nous avions planté des graines de changement qui pourraient devenir quelque chose de révolutionnaire.

Les véritables épreuves ne faisaient que commencer. Mais maintenant, nous les affrontions non pas comme des étudiants essayant de faire leurs preuves, mais comme des partenaires qui avaient démontré que nous pouvions gérer tout ce que le monde magique exigerait de nous.

# La Revendication

F IONA
Les heures qui ont suivi les épreuves se sont écoulées dans
un flou de félicitations, de formalités administratives et du
genre de manœuvres politiques qui me donnait le tournis. Des représentants de diverses cours nous ont approchés avec des offres d'« opportunités de formation améliorées » qui ressemblaient étrangement à des tentatives de recrutement, tandis que les responsables de l'université travaillaient frénétiquement à établir les nouveaux protocoles de surveillance que le Conseil avait exigés.

Mais à travers tout cela, j'étais parfaitement consciente que le chancelier Arcturus observait en marge de chaque conversation, son expression promettant que l'affaire de la Cour du Givre avec Elian était loin d'être terminée.

— Nous devons parler, a dit doucement la professeure Blitzen, apparaissant à mon coude alors qu'un énième représentant de cour finissait d'expliquer pourquoi son « programme de recherche magique collaboratif » serait parfait pour quelqu'un de mes talents. Vous deux. Mon bureau, dans dix minutes.

Le ton de sa voix laissait entendre que ce n'était pas une requête.

Quand nous sommes arrivés, son bureau était déjà occupé. Lord

Frostborn était assis dans l'un des fauteuils faisant face au bureau, sa toge de cérémonie lui donnant l'air d'être l'hiver incarné. À côté de lui, le chancelier Arcturus étudiait une pile de documents qui ont noué mon estomac d'appréhension.

— Asseyez-vous, a dit la professeure Blitzen en désignant les chaises restantes. Nous avons des décisions à prendre, et peu de temps pour le faire.

— Quel genre de décisions ? ai-je demandé, bien que les expressions graves autour de nous suggéraient que je ne voulais pas le savoir.

— Le genre qui déterminera si votre partenariat survivra aux prochaines vingt-quatre heures, a répondu sèchement Lord Frostborn. Les épreuves sont peut-être terminées, mais les implications politiques ne font que commencer.

Le chancelier Arcturus a levé les yeux de ses documents, son regard pâle et calculateur. — Prince Elian, le Conseil de la Cour du Givre a examiné les événements d'aujourd'hui et est parvenu à une conclusion. Votre développement magique a progressé au-delà de ce qui peut être géré en toute sécurité par une surveillance à distance.

— C'est-à-dire ? a demandé Elian, bien que son ton suggérât qu'il s'en doutait déjà.

— C'est-à-dire que notre conversation antérieure sur votre retour immédiat à la cour pour une formation intensive aux protocoles magiques royaux n'est plus une conversation, mais une réalité, a répondu le Chancelier. Votre partenariat avec Mlle Prancer, bien que couronné de succès sur le plan académique, représente un handicap politique qui ne peut plus être ignoré.

— Non, ai-je dit, le mot sortant plus durement que je ne l'avais voulu. Il n'ira nulle part.

Le chancelier Arcturus a tourné son attention vers moi, et j'ai eu l'impression d'être évaluée par l'hiver en personne. — Mlle Prancer, bien que votre attachement émotionnel soit compréhensible, les obligations du prince Elian s'étendent bien au-delà de ses préférences personnelles. Il est l'héritier d'un trône magique. Son premier devoir est envers le royaume, pas envers ses partenariats académiques.

— Son premier devoir, ai-je répliqué, est d'être fidèle à lui-même et à la magie qui nous a choisis tous les deux. Vous avez vu ce que nous avons accompli aujourd'hui. Vous avez senti le réseau que nous avons créé, les connexions que nous avons favorisées entre des gens qui ne s'étaient jamais compris auparavant.

— J'ai senti une influence magique exercée sur des participants non consentants, a répondu froidement le Chancelier. J'ai senti le genre d'expansion de pouvoir incontrôlée qui, historiquement, mène à des guerres magiques catastrophiques.

— Vous avez senti la collaboration, est intervenue fermement la professeure Blitzen. Vous avez senti ce qui se passe lorsque les barrières artificielles entre les types de magie sont dissoutes au profit d'une véritable compréhension.

— J'ai senti le chaos, a dit doucement Lord Frostborn, mais il y avait quelque chose dans son expression qui suggérait que l'expérience l'avait plus affecté qu'il ne voulait l'admettre. Cependant... j'ai aussi senti quelque chose auquel je ne m'attendais pas.

Il s'est interrompu, étudiant Elian avec ce qui aurait pu être de la fierté mêlée à de l'inquiétude.

— J'ai senti l'émergence d'une véritable magie royale, a-t-il poursuivi. Pas seulement de la puissance, mais le genre de capacité de meneur qui pourrait en effet transformer notre société magique. La question est de savoir si une telle transformation serait bénéfique ou catastrophique.

— Il n'y a qu'une seule façon de le savoir, a dit Elian en se redressant sur sa chaise avec l'autorité pour laquelle il était né. Et c'est de nous laisser continuer à développer ce partenariat sous une supervision appropriée, pas de nous séparer par peur.

— Prince Elian, a dit le chancelier Arcturus avec une frustration à peine dissimulée, vous semblez croire que vous avez le choix en la matière. Permettez-moi de clarifier : ce n'est pas le cas. La Cour du Givre a une autorité légale sur son héritier, quelles que soient ses préférences personnelles.

— Vraiment ? a demandé la professeure Blitzen d'un ton neutre, produisant un document qui brillait de sceaux officiels. Parce que, selon la décision du Conseil de l'Équilibre Saisonnier, les deux participants aux épreuves d'aujourd'hui sont désormais sous protection inter-cours en attendant l'établissement de leurs nouveaux protocoles de formation.

L'expression du Chancelier est devenue foudroyante. — Une simple formalité juridique temporaire...

— Un contrat magique contraignant, a corrigé la professeure Blitzen. Un contrat qui prévaut sur l'autorité d'une cour individuelle lorsqu'il s'agit d'étudiants ayant démontré des capacités affectant les relations inter-cours.

Elle a tendu le document à Lord Frostborn, qui l'a lu avec une expression de plus en plus troublée.

— Ceci leur accorde un statut protégé pour le reste de l'année universitaire, a-t-il dit enfin. Mais cela les oblige également à se soumettre à la surveillance des quatre cours saisonnières, et pas seulement de la Cour du Givre.

— Ce qui veut dire ? ai-je demandé.

— Ce qui veut dire, a dit le chancelier Arcturus avec un déplaisir évident, que votre partenariat est devenu une affaire de politique inter-cours plutôt qu'une affaire interne à la Cour du Givre.

Les implications m'ont fait l'effet d'une douche froide. Nous n'avions plus seulement affaire à la désapprobation d'une seule cour — nous étions désormais des sujets d'intérêt pour l'ensemble de l'establishment politique magique.

— Cependant, a poursuivi Lord Frostborn, il y a... des opportunités dans ce développement. Prince Elian, si vous êtes déterminé à poursuivre sur cette voie malgré l'opposition de la cour, vous devrez le faire avec un engagement total et une pleine conscience des conséquences.

— Quel genre de conséquences ? a demandé Elian.

— Le genre qui exige que vous revendiquiez publiquement votre droit de naissance plutôt que de vous cacher derrière de fausses identités, a répondu son oncle. Si vous comptez défier des siècles de tradition magique, vous devez le faire en tant que prince Elian Frostborn, et non en tant qu'étudiant universitaire jouant à l'anonymat.

Le poids de cette déclaration s'est abattu sur la pièce comme une lourde couverture. Car revendiquer publiquement son droit de naissance signifiait accepter toutes les responsabilités et tous les dangers qui accompagnent le fait d'être l'héritier perdu de la Cour du Givre.

— Et Mlle Prancer, a poursuivi Lord Frostborn en tournant son attention vers moi, si vous êtes déterminée à vous lier à l'héritier de la

Cour du Givre, vous devez comprendre que vous n'êtes plus simplement une étudiante, ni même simplement une partenaire magique. Vous êtes un personnage politique dont les actions affecteront la stabilité du royaume.

J'ai senti la main d'Elian trouver la mienne sous la table, notre lien vibrant d'une détermination commune.

— Je comprends, ai-je dit doucement.

— Vraiment ? Le chancelier Arcturus s'est penché en avant. Comprenez-vous que les partenariats royaux ne sont pas seulement des attachements romantiques, mais des alliances politiques qui affectent les accords commerciaux, les frontières territoriales et l'équilibre du pouvoir entre les cours ? Comprenez-vous que choisir de revendiquer le prince Elian comme votre partenaire signifie accepter la responsabilité du bien-être de millions d'êtres magiques ?

L'ampleur de ce qu'il décrivait me donnait le vertige, mais sous l'intimidation se cachait autre chose : un défi. Ils nous offraient la chance de n'être pas seulement des partenaires, mais des meneurs. Pas seulement des collaborateurs, mais des révolutionnaires.

— Alors nous nous revendiquons l'un l'autre, ai-je dit, me surprenant moi-même par la fermeté de ma voix. Publiquement, complètement, en pleine conscience de ce que cela signifie.

— Fiona, a dit doucement Elian, tu n'es pas obligée de...

— Si, je le suis, l'ai-je interrompu, me tournant pour lui faire entièrement face. Parce que tu avais raison : se cacher derrière de fausses identités et des prétextes académiques ne fonctionne plus. Si nous voulons prouver que la magie collaborative peut changer le monde, nous devons le faire en étant nous-mêmes. Complètement et honnêtement.

Je me suis levée, puisant du courage dans la certitude que je ressentais à travers notre lien.

— Prince Elian Frostborn, ai-je dit formellement, je vous revendique comme mon partenaire magique, mon égal, mon compagnon choisi pour tout ce qui viendra. Pas pour votre titre ou votre pouvoir, mais pour qui vous êtes quand nous sommes ensemble.

Les mots ont porté plus de poids que je ne l'avais prévu. À l'instant où je les ai prononcés, j'ai senti quelque chose changer dans l'atmosphère magique de la pièce — un sentiment d'achèvement, de destin enfin reconnu.

Elian s'est levé pour me faire face, ses yeux pâles flamboyant de détermination et d'amour.

— Fiona Prancer, a-t-il répondu, sa voix portant l'autorité de siècles de tradition royale, je te revendique comme ma partenaire, mon égale, ma compagne choisie. Pas parce que c'est politiquement pratique ou magiquement avantageux, mais parce que t'aimer a fait de moi la personne que j'étais censé devenir.

Une lumière dorée et argentée a jailli autour de nous, mais cette fois, elle semblait différente — ni chaotique ni écrasante, mais cérémonielle. Pleine d'intention. Comme si la magie elle-même reconnaissait ce que nous venions de déclarer.

— Eh bien, a dit la professeure Blitzen avec une satisfaction évidente, c'est juridiquement contraignant, tant selon les règlements de l'université que selon le droit magique inter-cours.

Le chancelier Arcturus avait l'air d'avoir avalé quelque chose de particulièrement désagréable. — Cela ne change rien. Le prince Elian a toujours des obligations envers la cour qui priment sur les attachements personnels.

— En fait, a dit doucement Lord Frostborn, ça change tout. Une revendication formelle entre partenaires magiques de ce calibre crée des liens qui ne peuvent être rompus sans conséquences catastrophiques pour les deux parties.

Il s'est levé et s'est approché de la fenêtre qui donnait sur le campus. — De plus, une revendication royale dont sont témoins et que reconnaissent des représentants de plusieurs cours crée de nouvelles réalités politiques qui doivent être prises en compte plutôt que combattues.

— Vous voulez dire qu'ils nous ont manœuvrés pour que nous acceptions leur partenariat ? a demandé le Chancelier avec un déplaisir manifeste.

— Je veux dire qu'ils se sont manœuvrés dans une position où leur partenariat devient une pierre angulaire des relations inter-cours plutôt qu'une menace pour elles, a répondu Lord Frostborn. Assez malin, en fait. Tout à fait ce que j'aurais attendu du fils de Boreas.

La mention du père d'Elian a flotté dans l'air comme une bénédiction, et j'ai vu quelque chose changer dans l'expression de Lord Frostborn — pas de l'approbation à proprement parler, mais de la reconnaissance.

— Alors, que se passe-t-il maintenant ? ai-je demandé.

— Maintenant, a dit la professeure Blitzen avec un large sourire, vous terminez vos études sous la surveillance magique la plus intensive de l'histoire. Et vous prouvez que ce que vous avez revendiqué aujourd'hui valait la révolution que cela s'apprête à provoquer.

Alors que nous nous préparions à quitter le bureau, Lord Frostborn a doucement retenu le bras d'Elian.

— Votre père serait fier, a-t-il dit à voix basse. Même si je soupçonne qu'il serait aussi terrifié par la voie que vous avez choisie.

— Tant mieux, a répondu Elian. Tout ce qui en vaut la peine est dangereux.

— En effet, a approuvé son oncle.

En rentrant à travers le campus main dans la main, notre revendication résonnant encore dans notre lien comme une musique, j'ai ressenti un profond sentiment d'achèvement. Nous ne nous cachions plus. Nous ne prétendions plus être ce que nous n'étions pas.

Nous étions exactement ce que nous étions censés être depuis le début : des partenaires, des égaux, et le commencement de quelque chose qui pourrait changer le monde magique à jamais.

La question était de savoir si ce monde était prêt pour ce que nous représentions.

En regardant Elian, en sentant la certitude absolue de notre lien vibrer sous ma peau, je me suis dit que nous étions peut-être assez forts pour le découvrir.

# Un Nouveau Départ

ELIAN

La nouvelle de notre revendication publique s'est répandue sur le campus comme une traînée de poudre, mais j'étais trop concentré sur le changement dans la signature magique de Fiona pour prêter attention aux conversations chuchotées qui nous suivaient dans notre sillage. À travers notre lien, je pouvais la sentir réaliser l'ampleur de ce que nous avions fait — non seulement les implications politiques, mais aussi la transformation personnelle, passant de partenaires universitaires à quelque chose de sans précédent dans la société magique.

Le temps que nous arrivions au Shifter Lodge, des foules s'étaient déjà rassemblées dans la salle commune. Au moment où nous sommes entrés, la conversation a cessé brusquement, et je me suis retrouvé sous un examen aussi minutieux que celui que je n'avais pas connu depuis ma dernière réception officielle à la cour, à l'âge de sept ans.

Mais c'était différent. Il ne s'agissait pas de dignitaires de la cour calculant ma valeur politique, mais des amis de Fiona, qui essayaient de comprendre comment sa vie venait de changer et ce que cela pouvait signifier pour leur lien avec elle.

— Eh bien, déclara Brynn avec la franchise qui la caractérisait, en voilà une façon d'officialiser les choses.

Un rire nerveux parcourut la foule, mais la tension ne se dissipa pas. Grâce à mes sens aiguisés, je sentais leur curiosité peser sur Fiona comme un poids physique — des questions sur les partenariats royaux, des spéculations sur notre avenir, des interrogations sur le fait de savoir si elle leur serait toujours accessible maintenant qu'un protocole formel entourait notre relation.

*Ils ont peur de la perdre*, ai-je réalisé en observant leurs visages. *De la même manière que les dignitaires de la cour regardaient mon père quand il passait du temps avec des conseillers roturiers.*

— On peut parler ? demanda doucement Fiona à Brynn, et je perçus la tension dans sa voix, celle qui naît lorsqu'on tente d'assimiler trop de changements trop rapidement. Quelque part en privé ?

Je les ai regardées monter à l'étage, suivies par Marcus, et j'ai ressenti un pincement familier d'isolement. Pas du rejet — Fiona avait besoin d'espace pour gérer ça avec des gens qui l'avaient connue avant que les complications royales n'entrent dans sa vie. Mais c'était le rappel qu'il y avait des pans de son expérience que je ne pouvais pas partager, des amitiés qui préexistaient à notre partenariat et qui exigeaient désormais une navigation prudente, maintenant que le protocole politique affectait chaque interaction.

Pendant qu'ils parlaient, je me suis retiré dans un coin tranquille de la salle commune et j'ai tenté d'assimiler ma propre transformation. Pendant vingt ans, j'avais dissimulé mon identité si complètement que j'avais parfois presque oublié qui j'étais sous ce manteau d'anonymat soigneusement tissé. Maintenant, en l'espace d'un seul après-midi, j'avais revendiqué mon nom, mon titre et mon droit de naissance.

*Prince Elian Frostborn.* Le nom me semblait à la fois étranger et familier, comme si j'enfilais des vêtements qui avaient été soigneusement rangés et que je découvrais qu'ils m'allaient encore malgré les années de croissance.

À travers notre lien, je pouvais deviner la conversation qui se déroulait à l'étage — l'émerveillement de Marcus face aux complications royales, l'inquiétude de Brynn quant aux dynamiques changeantes, la lutte de Fiona pour comprendre comment elle pourrait rester elle-même tout en acceptant une responsabilité sans précédent.

« *Princesse* ». Je sentis son choc à ce mot, sa prise de conscience que me revendiquer signifiait accepter non seulement mon amour, mais tout mon héritage politique. Cette pensée me tordit l'estomac, car je savais exactement à quel point cette transition pouvait être écrasante.

Lorsque la présence de la professeure Hoof s'est approchée dans les couloirs du pavillon, j'ai senti le passage du traitement personnel aux affaires officielles. Sa signature magique portait le poids d'une urgence administrative qui suggérait que notre revendication avait déclenché des complications pratiques immédiates.

Vingt minutes plus tard, je me suis retrouvé dans la salle de conférence officielle de l'université, au cœur du genre de réunion politique de haut niveau pour laquelle j'avais été formé depuis l'enfance, mais que j'avais espéré ne jamais revivre. Oncle Aldric était assis en bout de table avec l'autorité naturelle qui faisait de lui un dirigeant de cour efficace. Le chancelier Arcturus occupait la position de conseiller principal, bien que son expression suggérât qu'il aurait préféré être n'importe où ailleurs. La professeure Blitzen et le doyen de l'université apportaient une perspective académique, tandis que la projection magique de la magistrate Stormwind ajoutait une autorité inter-cours aux délibérations.

Fiona était assise à côté de moi, et à travers notre lien, je pouvais sentir sa désorientation totale de se retrouver au milieu de la politique magique au plus haut niveau. Vingt ans d'éducation à la cour m'avaient préparé à ce genre de réunion, mais elle naviguait à l'instinct pur et à la détermination.

— Mademoiselle Prancer, commença Oncle Aldric sans préambule, votre revendication du prince Elian a créé certaines... complications qui doivent être traitées immédiatement.

*Complications.* Le langage diplomatique me fit grincer des dents, car je savais exactement ce que ces complications impliquaient. Le droit de succession n'avait pas anticipé que l'héritier d'une cour majeure forme un lien magique permanent en dehors de la noblesse établie. Les accords commerciaux devraient être renégociés. Les frontières territoriales pourraient être modifiées. Les relations inter-cours, stables depuis des siècles, nécessiteraient un rééquilibrage minutieux.

— Celles qui surviennent lorsque l'héritier d'une cour majeure forme un lien magique permanent avec quelqu'un qui n'appartient pas à la noblesse établie, répondit le chancelier Arcturus à la question de Fiona avec une désapprobation à peine voilée. Droit de succession, accords territoriaux, négociations commerciales — votre partenariat affecte tout cela.

À travers notre lien, je sentis Fiona comprendre de plus en plus à quel point sa vie avait changé en l'espace de quelques mots formels. Elle n'avait pas seulement revendiqué un partenaire romantique — elle était devenue une figure centrale de la politique magique, qu'elle le veuille ou non.

— De plus, ajouta la magistrate Stormwind, sa présence projetée vacillant légèrement sous l'effet de l'énergie magique requise pour maintenir une communication à longue distance, votre capacité démontrée à créer des réseaux magiques qui s'étendent à différentes espèces et cours a attiré l'attention de parties dépassant le cadre politique immédiat.

Sa façon de le dire mit ma formation politique royale en alerte. *Les parties dépassant le cadre politique immédiat* était un code diplomatique pour le genre de factions obscures qui opéraient en dehors de la structure officielle des cours — des groupes qui avaient historiquement répondu aux menaces par l'élimination plutôt que par la négociation.

— Celles qui considèrent votre partenariat soit comme une ressource précieuse à acquérir, soit comme une menace à éliminer, dit Oncle Aldric avec sa franchise caractéristique. Le monde magique n'est pas un endroit paisible, Mademoiselle Prancer. Certaines factions ont passé des siècles à maintenir leur pouvoir par la division et le conflit. Votre capacité à créer l'unité menace leur fondement même.

Grâce à notre lien, je sentis le choc de Fiona alors que toute l'étendue de ce à quoi nous étions confrontés devenait claire. Nous n'avions plus seulement affaire à la pression académique ou à la désapprobation de la cour — nous avions potentiellement affaire à des gens qui tueraient pour empêcher le genre de magie collaborative que nous représentions.

*Tout comme ils ont tué Père,* pensai-je, le vieux chagrin se mêlant à une nouvelle détermination. *Mais cette fois, nous ne les affrontons pas seuls.*

— Nous vous protégerons, dit le doyen avec le genre d'autorité ferme qui suggérait que l'administration de l'université s'était préparée à ce scénario précis. Tous les deux. L'université met en place des protocoles de sécurité renforcés immédiatement. Vos déplacements seront surveillés, vos communications seront sécurisées et des gardes vous seront assignés chaque fois que vous quitterez le campus.

*Des gardes.* J'avais vécu avec des protocoles de sécurité pendant les sept premières années de ma vie, mais Fiona n'avait jamais connu le genre de surveillance constante qui accompagnait un statut politiquement significatif. À travers notre lien, je la sentis lutter pour comprendre ce que cela signifierait pour les libertés simples qu'elle avait tenues pour acquises.

— Jusqu'à ce que nous puissions établir une solution plus permanente, répondit Oncle Aldric à ma question sur la durée. Ce qui nous amène au point suivant : votre avenir.

D'un geste que je reconnus de mes souvenirs d'enfance des sessions de la cour, il remplit l'air de documents qui représentaient le cadre juridique formel entourant les partenariats royaux. Des contrats, des traités, des accords écrits dans des langues anciennes qui prédataient le droit magique moderne.

— Prince Elian, ta revendication de Mademoiselle Prancer a activé plusieurs dispositions dormantes du droit inter-cours, expliqua-t-il, et je sentis le poids de siècles de tradition se poser sur notre relation comme une cape de cérémonie. Plus important encore, votre partenariat doit maintenant être formellement reconnu par les quatre cours saisonnières avant de pouvoir être considéré comme juridiquement et magiquement contraignant.

*Quatre cours.* Je savais que ce moment viendrait un jour, mais le voir exposé dans des documents officiels rendait l'ampleur de ce qui nous attendait indéniablement réelle.

— Des épreuves, dit le chancelier Arcturus avec un déplaisir évident lorsque Fiona demanda ce qu'impliquerait une reconnaissance formelle. Quatre évaluations distinctes, une pour chaque cour, testant votre compatibilité, vos capacités magiques et votre aptitude à assumer les responsabilités politiques qui accompagnent un partenariat royal.

À travers notre lien, je sentis l'épuisement de Fiona à la perspective de nouvelles épreuves. Les Épreuves du Givre avaient été assez exigeantes, et celles-là étaient des évaluations académiques avec le soutien de l'université. Ce à quoi nous étions confrontés maintenant serait du théâtre politique conçu pour tester non seulement nos capacités magiques, mais aussi notre aptitude à influencer l'avenir de la société magique.

— Des épreuves bien plus intensives, corrigea la magistrate Stormwind lorsque le ton de Fiona suggéra qu'elle pensait que nous allions faire face à plus de la même chose. Les Épreuves du Givre étaient des évaluations académiques. Ce qui vous attend maintenant, ce sont des tests qui détermineront votre aptitude à contribuer à façonner l'avenir de notre société magique.

Mais les mots suivants de mon oncle portaient en eux un espoir aux côtés des défis redoutables à venir. — Cependant, il y a un avantage à votre situation actuelle. La revendication que vous avez effectuée aujourd'hui a été observée par des représentants de plusieurs cours et enregistrée par les protocoles magiques officiels. Rejeter votre partenariat maintenant exigerait des cours qu'elles admettent publiquement que leurs propres procédures étaient défectueuses.

*L'élan politique.* Je reconnus le concept de mon éducation royale — l'idée que les circonstances s'alignent parfois pour rendre certains résultats inévitables, indépendamment des préférences individuelles.

— Vous avez une dynamique favorable, me corrigea Oncle Aldric quand je suggérai que nous avions un avantage. Utilisez-la judicieusement, car une dynamique politique peut disparaître aussi vite qu'elle est apparue.

*Quatre mois.* C'était le temps que nous avions pour nous préparer à des épreuves qui détermineraient non seulement notre avenir personnel, mais potentiellement l'avenir de la magie collaborative elle-même. Cela semblait à la fois une éternité et un instant.

Alors que la réunion touchait à sa fin et que les officiels se préparaient à retourner à leurs tâches respectives, j'ai regardé Oncle Aldric s'approcher de Fiona pour une conversation privée. Grâce à notre lien, j'ai senti sa nervosité à l'idée de parler en privé avec quelqu'un dont elle ne comprenait pas pleinement l'autorité, mais j'ai aussi perçu sa tentative sincère de la guider plutôt que de l'intimider.

Leur conversation était trop discrète pour que je l'entende, mais j'ai senti la surprise de Fiona face à ses excuses, sa gratitude pour ses éloges inattendus, et sa compréhension croissante de l'ampleur des enjeux de notre partenariat.

Quand elle me rejoignit, je pus sentir le poids de la responsabilité se déposer autour d'elle comme une armure — lourde, mais nécessaire. Protectrice, même si elle limitait les libertés quotidiennes dont elle avait joui en tant qu'étudiante ordinaire.

— Comment te sens-tu ? lui ai-je demandé alors que nous nous préparions à quitter la salle de conférence, bien que notre lien m'ait déjà donné des aperçus de son état émotionnel.

— Terrifiée, admit-elle avec sa franchise habituelle. Mais aussi... déterminée ? C'est bizarre ?

— Pas bizarre du tout, ai-je répondu, en trouvant sa main avec la mienne alors que nous traversions le campus pour rentrer. Je ressens la même chose. Comme si nous avions enfin cessé de prétendre être quelque chose que nous ne sommes pas et que nous commencions à devenir qui nous étions censés être.

En regardant le campus — les étudiants qui hochaient maintenant la tête avec respect plutôt que de manière désinvolte, les mesures de sécurité renforcées déjà mises en place, l'aurore boréale dansant au-dessus de nos têtes en des motifs qui semblaient célébrer notre revendication — je me suis rendu compte que tout avait changé et que rien n'avait changé en même temps.

Nous étions toujours partenaires. Nous nous faisions toujours entièrement confiance. Nous créions toujours ensemble une magie qui transcendait tout ce que l'un ou l'autre pouvait accomplir seul.

Mais maintenant, au lieu de cacher cette vérité, nous l'assumions pleinement.

— Quatre mois, dit Fiona.

— Quatre mois, ai-je acquiescé. Tu penses qu'on peut maîtriser la magie diplomatique royale et la théorie politique avancée en quatre mois ?

— Avec toi comme partenaire ? sourit-elle, reprenant notre vieille rengaine avec une nouvelle signification maintenant que nous nous étions officiellement engagés à affronter tous les défis à venir. Je pense qu'on peut tout faire.

*Les vraies épreuves ne faisaient que commencer,* pensai-je, mais en regardant Fiona et en ressentant la certitude absolue de notre lien, je savais que nous étions prêts à les affronter.

Prêts à prouver que l'amour et la magie pouvaient œuvrer ensemble pour changer le monde.

Prêts à devenir qui nous étions censés être — pas seulement en tant qu'individus, mais en tant que partenaires capables de combler les divisions artificielles qui avaient maintenu le monde magique fragmenté pendant des siècles.

# Manœuvres Politiques

F IONA
       La première tentative pour briser notre partenariat s'est
       produite exactement une semaine après notre déclaration
publique.

Je me rendais à mon cours de Théorie Magique Avancée quand une femme vêtue d'une élégante robe cramoisie m'a interceptée devant la Bibliothèque de Cristal. Elle se déplaçait avec la grâce fluide qui la désignait comme un membre de la haute noblesse de la cour, et lorsqu'elle a souri, je me suis sentie comme une proie évaluée par un prédateur particulièrement sophistiqué.

— Mademoiselle Prancer, dit-elle, sa voix portant cet accent cultivé qui témoignait de siècles de raffinement et d'éducation. Quel plaisir de vous rencontrer enfin. Je suis Lady Scorchia, représentante de certains intérêts au sein de la Cour de l'Été.

*Certains intérêts.* L'expression a déclenché une sonnette d'alarme dans ma tête, mais je me suis forcée à rester polie.

— Lady Scorchia. Comment puis-je vous aider ?

— En fait, j'espérais pouvoir vous aider, moi, répondit-elle en désignant une alcôve isolée où nous pourrions parler en privé. Voyez-vous, je suis avec grand intérêt votre remarquable partenariat avec le prince Elian. Ce que vous avez accompli est vraiment impressionnant.

— Je vous remercie, dis-je prudemment, sans bouger en direction de l'alcôve.

— Cependant, poursuivit-elle, je ne peux m'empêcher de me demander si vous comprenez pleinement la position dans laquelle vous vous êtes mise. Les défis à venir, les pressions politiques, les sacrifices qui seront exigés...

— J'en comprends assez, répliquai-je, bien que son ton me mît de plus en plus mal à l'aise.

— Vraiment ? Son sourire s'aiguisa. Je sais que vous avez réfléchi à ce que signifie devenir princesse, mais avez-vous pleinement mesuré l'ampleur de ce qui vous attend ? Que la future reine du prince Elian devra naviguer entre les intrigues de la cour, gérer les relations internationales et prendre des décisions qui affecteront des millions d'êtres magiques ?

Le mot *Reine* m'a frappée comme un coup de poing. Même si Brynn l'avait déjà mentionné, même si j'avais essayé de ne pas y penser, l'entendre énoncé si crûment rendait la réalité impossible à ignorer. Je m'étais concentrée sur les épreuves du partenariat et le lien magique, mais les implications ultimes d'être liée en permanence à l'héritier d'un trône me sautaient au visage.

— Je comprends qu'Elian et moi affronterons ces défis ensemble, dis-je en relevant le menton malgré l'incertitude qui se tordait dans mon ventre.

— Ensemble, oui. Mais s'il existait un moyen de garantir que votre partenariat puisse se poursuivre sans le fardeau de la responsabilité politique ? Lady Scorchia se pencha vers moi, sa voix se réduisant à un murmure conspirateur. Et si le prince Elian pouvait abdiquer son droit au trône, vous libérant ainsi tous les deux pour poursuivre votre collaboration magique sans le poids du devoir royal ?

La suggestion était si inattendue que, pendant un instant, je fus incapable de répondre. Elian, renonçant à son droit de naissance ? Abandonnant le trône que son père était mort en essayant de réformer ?

— Ce n'est pas... commençai-je, puis je m'arrêtai, réalisant que je ne savais pas vraiment ce qu'Elian désirait quant au fait de gouverner la Cour du Gel. Nous avions été si concentrés sur la survie à chaque crise immédiate que nous n'avions jamais vraiment discuté de nos projets à long terme.

— Ce n'est pas impossible, dit Lady Scorchia, interprétant claire-ment mon hésitation comme de l'intérêt. La Cour de l'Été a développé des cadres pour les partenariats magiques qui transcendent les frontières traditionnelles des cours. Le prince Elian pourrait conserver son statut royal tout en transférant les droits de succession à un héritier plus approprié.

— Plus approprié, en quel sens ? demandai-je.

— Quelqu'un sans les enchevêtrements magiques compliqués qui rendent la gestion traditionnelle de la cour... difficile. Son sourire était acéré comme une lame de rasoir. Quelqu'un qui pourrait assurer la stabilité requise par la société magique tout en permettant à des indi-vidus exceptionnels comme vous et le prince Elian de poursuivre vos recherches collaboratives en paix.

Il me fallut un moment pour comprendre ce qu'elle proposait vraiment.

— Vous voulez qu'Elian renonce à son trône pour que la Cour de l'Été puisse installer quelqu'un de plus favorable à ses intérêts.

— Je veux que le prince Elian soit libre de devenir l'innovateur magique qu'il est clairement destiné à être, plutôt que d'être piégé par des obligations politiques qu'il n'a jamais choisies. Son ton était raison-nable, sympathique et tout à fait persuasif, si l'on ignorait la manipula-tion sous-jacente. Pensez-y, mademoiselle Prancer. Vous pourriez avoir votre partenariat sans la pression politique. Votre développement magique sans les intrigues de la cour. Votre liberté sans le sacrifice.

Elle me tendit un petit cristal qui palpitait d'une chaude lumière dorée.

— Ceci contient la proposition complète. Examinez-la à votre guise. Je pense que vous la trouverez fort généreuse.

Après son départ, je suis restée plusieurs minutes dans la cour de la bibliothèque, tournant et retournant le cristal dans mes mains. La proposition était tentante — plus tentante que je ne voulais l'admettre. L'idée d'avoir notre partenariat sans le poids écrasant de la responsabilité royale, de pouvoir nous concentrer uniquement sur la collaboration magique qui nous avait réunis au départ...

Mais quelque chose dans l'approche de Lady Scorchia me semblait louche. Trop pratique, trop parfaitement conçue pour exploiter des peurs que je m'étais à peine avouées.

J'ai trouvé Elian à son poste habituel du matin — l'observatoire de la Tour du Gel, entouré de cartes et de documents qui semblaient traiter de théories magiques complexes. Quand je suis entrée, il a levé les yeux avec ce sourire qui, immanquablement, faisait chavirer mon cœur.

— Comment était le cours de Théorie Avancée ? demanda-t-il, puis il s'interrompit en voyant mon expression. Qu'est-ce qui ne va pas ?

Je lui ai parlé de la visite de Lady Scorchia, de la proposition d'abdication, de l'offre de nous libérer de toute responsabilité politique. Pendant que je parlais, j'ai vu son expression devenir de plus en plus troublée.

— Elle vous a approchée directement ? demanda-t-il quand j'eus fini. Sans passer par les canaux officiels ni demander la permission de l'administration de l'université ?

— Est-ce que c'est important ?

— Cela signifie que ce n'est pas une proposition officielle de la Cour de l'Été — c'est une initiative privée de quelqu'un qui a son propre agenda. Il s'est levé et a commencé à faire les cent pas, ses mouvements vifs trahissant une colère à peine contenue. Et cela signifie qu'ils essaient de vous manipuler pour influencer mes décisions plutôt que de traiter directement avec moi.

— Pourquoi feraient-ils ça ?

— Parce qu'ils pensent que vous êtes le maillon faible de notre partenariat. Que vous allez craquer sous la pression et me convaincre d'abandonner mes responsabilités plutôt que de les affronter ensemble. Ses yeux pâles brillaient de fureur. Ils parient que vos sentiments pour moi vous feront privilégier notre bonheur personnel au détriment du devoir politique.

Ces mots me piquèrent, car ils contenaient une part de vérité. Une partie de moi avait été tentée par l'offre de Lady Scorchia, avait imaginé à quel point nos vies pourraient être plus simples sans le poids des attentes royales.

— Avaient-ils raison ? demanda Elian doucement, et je pouvais entendre la vulnérabilité sous sa colère.

— Non, dis-je, me surprenant moi-même par la fermeté de ma réponse. Ils n'avaient pas raison. Parce que renoncer à votre droit de naissance ne résoudrait rien — cela prouverait juste que les partenariats de magie collaborative ne peuvent pas gérer de vraies responsabilités.

Je me suis placée devant lui, assez près pour voir les paillettes d'argent dans ses yeux bleu glacier.

— Elian, votre père est mort en croyant que la collaboration magique pouvait changer la société pour le meilleur. Fuir le trône parce que c'est difficile déshonorerait tout ce pour quoi il s'est sacrifié.

— Même si cela signifie des années de pression politique, d'épreuves diplomatiques et un examen constant de chacune de nos décisions ?

— Même dans ce cas. J'ai pris ses mains, sentant notre lien s'embraser d'une détermination partagée. Nous ne construisons plus seulement un partenariat — nous prouvons que l'amour et la magie peuvent œuvrer ensemble pour créer quelque chose de meilleur que ce qui existait auparavant. Ce n'est pas quelque chose que nous pouvons faire en restant sur la touche.

Le soulagement a inondé notre connexion, et j'ai réalisé qu'Elian m'avait autant testée qu'il m'avait demandé d'être rassuré. Il avait besoin de savoir que j'étais engagée dans la pleine mesure de ce que nous construisions, pas seulement dans les parties faciles.

— Il y a autre chose, dis-je en sortant le cristal de ma poche. Lady Scorchia m'a donné ça. Elle a dit que ça contenait la proposition complète.

Elian étudia le cristal avec un dégoût évident.

— Nous devrions l'examiner ensemble. Si nous allons rejeter leur offre, nous devons comprendre exactement ce que nous rejetons.

Nous avons passé l'heure suivante à analyser le contenu du cristal, et ce que nous avons découvert était à la fois impressionnant et profondément troublant. La proposition de la Cour de l'Été était en effet généreuse — ils offraient de faciliter l'abdication d'Elian en échange de l'installation de son cousin Marcus comme nouvel héritier de la Cour du Gel, tout en nous fournissant un statut protégé de « chercheurs en magie » sous le patronage de la Cour de l'Été.

Mais les clauses en petits caractères révélaient le véritable coût : nous serions essentiellement achetés par la Cour de l'Été, notre développement magique guidé par leurs priorités plutôt que par nos propres choix. Notre partenariat continuerait, mais seulement tant qu'il servirait leurs intérêts politiques.

— C'est une cage dorée, dit Elian avec dégoût. Ils veulent neutraliser la menace que nous représentons en faisant de nous leur projet fétiche plutôt que des agents de changement indépendants.

— Et si nous refusons ?

— Alors ils essaieront d'autres approches. Des pressions politiques, des sanctions économiques contre la Cour du Gel, des tentatives de miner notre partenariat par des moyens plus directs. Il resta silencieux un instant, étudiant le contenu du cristal. Ce n'est que le début, Fiona. Chaque cour a son propre agenda, sa propre vision de la manière de gérer ce que nous représentons.

Comme si elle avait été invoquée par ses paroles, la voix du professeur Blitzen résonna dans l'observatoire via un sortilège de communication magique.

— Prince Elian, mademoiselle Prancer, veuillez vous présenter à mon bureau immédiatement. Nous avons une situation.

Nous avons trouvé le bureau du professeur Blitzen bondé de gens que je commençais à reconnaître comme les acteurs clés de notre drame politique en cours. Le seigneur Frostborn était assis derrière le bureau, l'air plus sombre que d'habitude. Le chancelier Arcturus occupait une chaise près de la fenêtre, tandis que le magistrat Stormwind apparaissait par projection magique. Mais ce fut le nouveau visage qui attira mon attention — un homme vêtu de robes vert foncé dont la seule présence faisait visiblement grandir les plantes du bureau.

— Prince Elian, mademoiselle Prancer, dit le seigneur Frostborn sans préambule, puis-je vous présenter le seigneur Thornfield, qui représente les intérêts de la Cour du Printemps dans votre partenariat.

— Votre Altesse, mademoiselle Prancer, dit le seigneur Thornfield en inclinant la tête formellement. Je vous apporte les salutations de la Cour du Printemps et une invitation à discuter de votre avenir.

*Une autre invitation.* J'ai échangé un regard avec Elian, voyant ma propre méfiance se refléter dans son expression.

— Quel genre de discussion ? demanda Elian.

— Le genre qui reconnaît la nature sans précédent de votre partenariat et cherche à fournir un soutien approprié à son développement, répondit le seigneur Thornfield avec aisance. La Cour du Printemps a toujours valorisé l'innovation et la croissance. Votre magie collaborative représente exactement le type d'évolution que nous espérions voir dans les relations inter-cours.

— Contrairement à l'approche de la Cour de l'Été, observa le chancelier Arcturus d'un ton acide, qui semble consister à acquérir des partenariats prometteurs plutôt qu'à les soutenir.

— Vous êtes au courant de la visite de Lady Scorchia ? demandai-je.

— Les nouvelles voyagent vite dans les cercles politiques magiques, dit le magistrat Stormwind avec une désapprobation évidente. La tentative de la Cour de l'Été de vous recruter par des canaux privés plutôt que par les procédures diplomatiques officielles a suscité une inquiétude considérable parmi les autres cours.

— Parce que cela suggère qu'ils considèrent votre partenariat comme une ressource à acquérir plutôt qu'un développement à soutenir, ajouta le seigneur Thornfield. La Cour du Printemps, en revanche, estime que des partenariats magiques de votre calibre devraient être cultivés dans leur environnement naturel plutôt que d'être transplantés pour des raisons de convenance politique.

La différence d'approche était subtile mais significative. Là où la Cour de l'Été voulait nous posséder, la Cour du Printemps semblait vouloir nous parrainer. Toujours problématique, mais moins immédiatement menaçant.

— Que proposez-vous exactement ? demanda Elian.

— Des opportunités de formation améliorées, un accès aux archives magiques de la Cour du Printemps, et une protection contre les pressions politiques pendant votre période de développement, répondit le seigneur Thornfield. En échange, nous ne demanderions que l'opportunité d'étudier vos techniques collaboratives et des consultations occasionnelles sur la politique magique inter-cours.

— Et le piège ? demandai-je, car il y avait toujours un piège.

— Pas de piège, à proprement parler. Mais votre partenariat deviendrait une vitrine pour les valeurs de la Cour du Printemps — la croissance, l'innovation et la collaboration. On attendrait de vous que vous représentiez ces valeurs dans vos apparitions publiques et vos déclarations politiques.

Une autre cage dorée, simplement peinte d'une couleur différente.

— Je pense, dit Elian avec prudence, que nous avons besoin de temps pour examiner nos options. Tout cela arrive très vite.

— Bien sûr, dit le seigneur Thornfield avec grâce. Bien que je doive mentionner que la Cour de l'Automne a également exprimé son intérêt pour une rencontre avec vous. Et je crois que la Cour de l'Hiver voudra bientôt présenter sa propre proposition.

*Les quatre cours.* Chaque autorité magique majeure voulait revendiquer une certaine influence sur notre partenariat, façonner notre développement selon son propre agenda.

— Merveilleux, marmonnai-je.

Après le départ des divers officiels, Elian et moi sommes restés seuls dans le bureau du professeur Blitzen, le poids des manœuvres politiques s'abattant sur nous comme un brouillard.

— Quatre cours différentes, quatre agendas différents, dit Elian avec lassitude. Et toutes convaincues qu'elles savent ce qu'il y a de mieux pour notre partenariat.

— Que faisons-nous ? demandai-je.

— Nous nous souvenons que c'est exactement ce à quoi mon père a été confronté — la pression politique pour se conformer, pour faire des compromis, pour laisser les peurs des autres limiter ce que la magie collaborative pouvait devenir. La voix d'Elian devint plus forte, plus déterminée. Et nous choisissons la même voie que lui. Nous restons fidèles à notre vision, peu importe qui essaie de nous acheter, de nous contrôler ou de nous manipuler.

— Même si cela signifie se faire des ennemis de gens qui auraient pu être des alliés ?

— Surtout dans ce cas, répondit-il. Parce qu'au moment où nous commencerons à prendre des décisions basées sur la convenance politique plutôt que sur la vérité magique, nous deviendrons juste un autre pion de la cour au lieu d'agents d'un réel changement.

En le regardant — en voyant la force et la conviction qui avaient été forgées à travers vingt ans de clandestinité et d'épreuves — j'ai ressenti une vague de fierté féroce. Voilà pourquoi je l'avais revendiqué. Non pas parce qu'il était un prince, mais parce qu'il était quelqu'un qui choisirait la voie juste mais difficile plutôt que la voie facile mais erronée.

— Ensemble ? demandai-je, faisant écho à notre première conversation sur la confiance.

— Toujours, répondit-il.

Mais alors que nous nous préparions à affronter les délégations restantes des cours et leurs agendas concurrents, j'ai réalisé que les épreuves magiques avaient été la partie facile.

La véritable épreuve consisterait à rester fidèles à nous-mêmes pendant que le monde magique tout entier essaierait de nous remodeler selon sa propre vision de ce que nous devrions devenir.

La question était de savoir si notre amour et notre partenariat seraient assez forts pour résister à des forces qui façonnaient la société magique depuis des siècles.

En regardant Elian, en sentant la certitude absolue de notre lien, j'ai pensé qu'ils le seraient.

Mais je commençais aussi à comprendre que le croire et le prouver étaient deux choses bien différentes.

# Bal D'hiver

ELIAN

L'annonce est arrivée trois semaines après que les délégations des Cours eurent terminé leurs tentatives de recrutement. Elle m'est parvenue par coursier enchanté, avec un faste officiel qui a immédiatement activé mes instincts de survie politique. L'Université du Pôle Nord organiserait son bal d'hiver annuel, et la célébration de cette année reconnaîtrait officiellement les nouvelles réalités politiques que notre partenariat avait créées.

*Un examen final,* ai-je pensé, en étudiant le lettrage cristallin de l'invitation qui oscillait entre l'argent et l'or, scellée par les blasons combinés des quatre Cours saisonnières. *Ils veulent voir comment nous nous comportons sous le regard le plus public possible.*

— C'est un piège, déclara Brynn sans détour alors que notre petite session de stratégie se tenait dans la chambre de Fiona. L'espace semblait à l'étroit avec la plupart des membres de notre réseau d'origine, mais j'appréciais leur volonté de nous soutenir malgré la pression politique que notre fréquentation impliquait désormais.

— Bien sûr que c'est un piège, acquiesça Fiona, et à travers notre lien, je sentis son mélange de résignation et de détermination. — La question est de savoir si c'est un piège auquel nous pouvons survivre.

— Ou tourner à notre avantage, ajoutai-je, en me déplaçant vers la fenêtre d'où je pouvais observer les préparatifs en cours sur le campus. Des ouvriers suspendaient des lumières qui captaient et reflétaient des motifs d'aurores boréales avec une précision suggérant des artisans magiques des Cours. Des jardiniers persuadaient des roses d'hiver de fleurir dans des arrangements impossibles qui auraient été considérés comme des miracles mineurs dans des circonstances moins magiques. Même le personnel de restauration testait des plats étincelants d'une magie comestible assez sophistiquée pour impressionner les palais les plus exigeants des Cours.

*Ils ne prennent aucun risque avec la présentation,* observai-je. *Ce bal sera une vitrine des capacités de l'UPN, conçue pour démontrer que l'université peut accueillir des événements dignes d'une importance politique inter-Cours.*

— Comment un bal formel où nous serons entourés de représentants de toutes les grandes Cours du royaume peut-il bien être à notre avantage ? demanda Marcus, son esprit pratique allant droit aux préoccupations tactiques.

— Parce que c'est public, répondis-je, ma formation politique royale m'aidant à voir les opportunités stratégiques. — Toutes les manœuvres politiques de ces dernières semaines se sont déroulées lors de réunions privées, de négociations à huis clos et de pressions subtiles exercées à l'abri du regard public. Mais un bal formel... c'est du théâtre. Une représentation. Tout le monde observera comment nous nous comportons.

À travers notre lien, je sentis que Fiona comprenait. Elle commençait à voir ce que j'avais appris durant mes années de clandestinité : parfois, les situations les plus dangereuses étaient aussi les plus libératrices, car le regard du public contraignait le comportement de tout le monde, pas seulement le nôtre.

— Mais si nous nous comportons bien ? suggéra Brynn.

— Alors nous prouverons que l'amour et la magie peuvent créer quelque chose de plus fort que la manipulation politique, dis-je en quittant ma place près de la fenêtre pour rejoindre leur petit groupe. — Nous montrerons à tous que les partenariats collaboratifs n'ont pas à choisir entre le bonheur personnel et la responsabilité politique.

Le poids de cette attente s'installa dans la pièce, et à travers notre lien, je perçus que Fiona réalisait à quel point tout reposait sur la performance d'une seule soirée. Il ne s'agissait pas seulement de survivre à un dîner formel et à quelques danses. Il s'agissait de démontrer notre aptitude à aider à remodeler l'avenir de la société magique.

— Alors, quelle est notre stratégie ? demanda Marcus.

Je regardai Fiona, voyant ma propre détermination se refléter dans ses yeux verts. — Nous serons nous-mêmes. Complètement, authentiquement, sans excuses ni compromis. Nous leur montrerons exactement à quoi ressemble notre partenariat lorsqu'il fonctionne à pleine puissance.

— C'est tout ? demanda Brynn, sceptique. — C'est ça, le plan ?

— C'est le plan, confirmai-je, m'appuyant sur les leçons apprises au cours de vingt ans de survie prudente. — Car au moment où nous commencerons à jouer un rôle pour répondre à leurs attentes au lieu d'être fidèles à nos propres valeurs, nous perdrons tout ce qui rend notre partenariat digne d'être préservé.

Deux jours plus tard, je me tenais dans mes appartements de l'observatoire, ajustant le col cérémoniel d'une tenue de cour officielle que je n'avais pas portée depuis l'âge de sept ans. Le tissu blanc argenté portait des motifs de givre brodés de fils qui semblaient capter et refléter la lumière, taillé selon les lignes incomparables qui marquaient les insignes de la Cour du Givre. Mais c'était plus qu'un vêtement — c'était une déclaration d'identité, une acceptation publique de l'héritage royal que j'avais passé deux décennies à cacher.

*Le Prince Elian Frostborn,* pensai-je, en étudiant mon reflet dans le miroir cristallin. *Pas l'étudiant transféré anonyme, pas l'héritier caché, mais exactement celui que j'étais né pour être.*

On frappa à ma porte précisément au moment où je m'y attendais. À travers notre lien, je pouvais sentir le mélange de nervosité et d'impatience de Fiona, sa propre transformation en quelqu'un de prêt à se tenir aux côtés de la royauté lors de l'événement politique le plus formel auquel nous ayons jamais assisté.

Quand j'ouvris la porte, sa vue me coupa littéralement le souffle.

Elle portait une robe de soie bleu nuit qui semblait capturer la lumière des étoiles dans ses plis, avec des fils d'argent qui traçaient des motifs rappelant le givre et la lumière des aurores. La robe était un cadeau de Lady Silverwind — un geste politique autant qu'une gentillesse personnelle, marquant le soutien continu de l'Enclave à notre partenariat. Mais elle était parfaite pour Fiona, assez formelle pour une fonction royale tout en restant fidèle à son style.

*On dirait une princesse,* pensai-je, et je sentis sa réaction surprise à travers notre lien alors qu'elle percevait le début de cette pensée.

— Tu es magnifique, dis-je simplement, la laissant voir dans mon expression à quel point je la trouvais splendide — non seulement physiquement, mais en tant que partenaire qui assumait ses responsabilités politiques avec grâce et courage.

— Toi aussi, répondit-elle en s'avançant pour redresser mon col cérémoniel, bien qu'il n'en eût pas besoin. Ce simple contact envoya une chaleur à travers notre lien qui nous stabilisa tous les deux. — Prêt pour ça ?

— Avec toi comme partenaire ? souris-je, notre vieille rengaine portant un nouveau poids maintenant que nous étions sur le point d'affronter l'épreuve la plus publique de notre relation. — Je pense que nous pouvons tout affronter.

La Grande Salle de Bal avait été transformée en quelque chose qui aurait impressionné même les plus exigeants des officiels de la cour de mes souvenirs d'enfance. Des lustres de cristal projetaient des motifs arc-en-ciel sur des murs qui semblaient faits de poussière d'étoiles compressée, tandis que le plafond offrait une vue parfaite de l'aurore boréale. Le sol reflétait les lumières d'en haut comme un miroir fait d'un ciel d'hiver poli, et partout où je regardais, des roses d'hiver fleurissaient dans des teintes impossibles d'argent et d'or.

Mais ce furent les invités qui activèrent chaque parcelle de ma formation politique.

Des représentants des quatre Cours saisonnières remplissaient la salle de bal dans une disposition formelle qui témoignait d'un protocole diplomatique soigné. J'aperçus mon oncle Aldric près de la délégation de la Cour du Givre, son expression soigneusement neutre alors qu'il scrutait la foule avec la même attention analytique que j'appliquais au paysage politique. Lady Scorchia tenait salon près de la table de la Cour de l'Été, sa robe cramoisie la faisant ressembler à une flamme vivante parmi les couleurs plus froides qui l'entouraient. Lord Thornfield se déplaçait dans la foule avec une grâce diplomatique experte, tandis que les représentants de la Cour de l'Automne créaient leur propre groupe de bordeaux et d'or qui évoquait l'abondance des récoltes et la prospérité politique.

Et au-dessus de tout cela, dans une section qui semblait flotter indépendamment du reste de la salle de bal, siégeait le Conseil de l'Équilibre Saisonnier — les trois plus puissantes autorités magiques du royaume, venues assister au théâtre politique que la soirée allait offrir.

*Tout l'establishment magique,* réalisai-je, *réuni pour évaluer si nous valons la perturbation que nous avons causée à leur statu quo si soigneusement entretenu.*

— Respire, murmurai-je à Fiona alors que nous faisions une pause à l'entrée pour les annonces officielles, bien que je me donnais le même conseil.

— Le Prince Elian Frostborn, appela le héraut, sa voix portant sans peine à travers le vaste espace, héritier de la Cour du Givre, et sa partenaire choisie, Mademoiselle Fiona Prancer du clan des métamorphes-rennes Prancer.

La salle de bal devint silencieuse alors que nous commencions notre entrée officielle, et je sentis le poids de centaines de regards étudiant chacun de nos mouvements avec une intensité laser. Mais au lieu de l'intimidation à laquelle je m'attendais, je ressentis quelque chose de plus proche de la fierté.

*Regarde-nous,* pensai-je en observant notre reflet sur le sol poli pendant que nous marchions. *Nous sommes faits pour être ensemble d'une manière qui est visible pour tous ceux qui nous regardent.*

Notre magie s'harmonisait naturellement tandis que nous nous déplacions, créant de subtils jeux de lumière qui parlaient de partenariat plutôt que de puissance individuelle. Nous adoptions inconsciemment le même rythme et la même allure, nous mouvant ensemble avec une synchronisation qui ne pouvait être ni feinte ni enseignée. Plus important encore, nous nous portions tous les deux avec une confiance tranquille malgré la pression politique évidente, prouvant que notre lien nous avait rendus plus forts plutôt que plus vulnérables.

— Ils sont magnifiques ensemble, entendis-je quelqu'un chuchoter, et je sentis le plaisir de Fiona rougir ses joues à travers notre lien.

— Puissants, ajouta une autre voix avec ce qui semblait être une admiration sincère. — Regardez la résonance magique qu'ils génèrent sans même essayer.

Nous fûmes placés à la table d'honneur, entre mon oncle Aldric et le professeur Blitzen — un placement qui indiquait clairement notre statut élevé tout en nous entourant d'alliés. L'importance symbolique ne m'échappa pas ; ils nous traitaient comme des invités d'honneur plutôt que comme des étudiants en évaluation.

Le dîner qui suivit fut un chef-d'œuvre de cuisine diplomatique, chaque plat étant conçu pour mettre en valeur le potentiel de collaboration entre différentes traditions magiques. Des légumes de la Cour du Printemps qui poussaient à vue d'œil, des fruits de la Cour de l'Été qui avaient le goût d'un concentré de soleil, des céréales de la Cour de l'Automne qui portaient l'essence des récoltes réussies, et des vins de glace de la Cour de l'Hiver qui parvenaient à être à la fois rafraîchissants et réconfortants.

— Un menu diplomatique, fis-je remarquer à voix basse à Fiona, reconnaissant le message politique dans chaque plat. — Pour montrer que la collaboration entre les Cours peut créer quelque chose de mieux que n'importe quelle contribution individuelle.

— Tu penses que c'est intentionnel ? demanda-t-elle.

— Absolument. Tout, ce soir, est symbolique.

Et ça l'était. La disposition des sièges parlait d'alliances politiques, les choix du menu démontraient le potentiel de collaboration, et même la musique était soigneusement sélectionnée pour représenter les quatre traditions saisonnières en harmonie. Au centre de tout cela, nous étions évalués non seulement pour nos capacités magiques, mais aussi pour notre compréhension du théâtre politique auquel nous participions.

Alors que le dîner formel se terminait et que la danse commençait, je sentis notre véritable épreuve approcher. Ce serait la démonstration la plus publique de notre partenariat, où chaque geste serait analysé et chaque manifestation magique étudiée pour ses implications politiques.

— M'accorderiez-vous cette danse ? demandai-je formellement, offrant ma main avec la grâce courtoise qui rappelait à tous mon héritage royal.

— Toujours, répondit-elle, acceptant ma main et me laissant la conduire sur la piste de danse.

Au moment où nous commençâmes à nous mouvoir ensemble, notre magie répondit avec une beauté maîtrisée qui surpassait tout ce que nous avions accompli en entraînement privé. Une lumière dorée et argentée tourbillonnait autour de nous, mais ce n'était pas le débordement chaotique que nous avions parfois connu. C'était une virtuosité intentionnelle, une puissance contrôlée, la manifestation visible d'un partenariat qui avait été mis à l'épreuve et s'était avéré incassable.

*Nous racontons une histoire*, réalisai-je alors que nous évoluions à travers les figures complexes de la danse de cour formelle. *Pas seulement avec nos mouvements, mais avec notre magie — l'histoire de deux personnes de mondes différents qui ont trouvé ensemble quelque chose pour lequel il valait la peine de se battre.*

D'autres couples nous rejoignirent sur la piste de danse, mais nous restâmes le centre de l'attention. Du coin de l'œil, je pouvais voir les représentants des Cours se pencher pour mieux observer nos démonstrations magiques, des professeurs prendre des notes sur les techniques de collaboration que nous démontrions inconsciemment, et même les membres du Conseil regarder avec des expressions qui mêlaient l'approbation à l'inquiétude quant aux implications qu'ils étaient encore en train de calculer.

— Ils le voient, dis-je doucement à Fiona alors que nous exécutions une pirouette complexe qui fit cascader des spirales de lumière autour de nous. — Ce que nous sommes vraiment quand nous travaillons ensemble.

— En bien ou en mal ? demanda-t-elle.

— Les deux, probablement. Mais c'est honnête.

Alors que la danse se terminait et que nous retournions à nos sièges, je ressentis la profonde satisfaction d'une performance qui avait révélé la vérité plutôt que de la dissimuler. Nous leur avions montré exactement à quoi ressemblait notre partenariat à son meilleur — puissant, harmonieux, et totalement engagé envers quelque chose de plus grand que l'ambition individuelle.

Mais la véritable épreuve de la soirée vint pendant les présentations formelles, lorsque les positions politiques seraient déclarées publiquement plutôt que négociées en privé.

— Prince Elian, annonça mon oncle Aldric, se levant de son siège avec la dignité cérémonielle qui marquait les déclarations officielles de la Cour. — En tant qu'héritier de la Cour du Givre et représentant d'anciennes traditions collaboratives, vous avez fait preuve d'une capacité magique et d'une maturité politique exceptionnelles. La Cour du Givre reconnaît formellement votre partenariat avec Mademoiselle Fiona Prancer et s'engage à soutenir votre développement continu.

Les applaudissements qui remplirent la salle de bal portaient un poids politique bien au-delà de simples félicitations. C'était une déclaration publique d'allégeance qui affecterait les relations inter-Cours pour les années à venir, la manière de mon oncle de s'assurer que s'opposer à notre partenariat nécessiterait de s'opposer à la Cour du Givre elle-même.

— De plus, continua-t-il, la Cour du Givre annonce la création de l'Initiative de Recherche sur la Magie Collaborative Prancer-Frost, conçue pour étudier et développer les techniques dont vous avez été les pionniers.

*Brillant,* pensai-je alors que de nouveaux applaudissements s'élevaient, mêlés de surprise et de spéculation. En créant un cadre officiel autour de notre partenariat, il lui donnait un soutien institutionnel qu'il serait beaucoup plus difficile pour les factions opposées de démanteler par des manœuvres politiques.

— La Cour du Printemps se joint à la Cour du Givre pour reconnaître ce partenariat, dit Lord Thornfield en se levant à son tour, et engage nos ressources pour soutenir la recherche en magie collaborative qui profite à toutes les Cours.

— Tout comme la Cour de l'Été, ajouta Lady Scorchia, bien que son ton suggérât que ce n'était pas l'issue qu'elle préférait. L'élan politique avait atteint un point où l'opposition n'était plus viable, forçant même les Cours réticentes à offrir un soutien public.

Un par un, les représentants de chaque grande Cour offrirent leur reconnaissance formelle. Non pas parce qu'ils croyaient tous en ce que nous faisions, mais parce que le coût politique de l'opposition était devenu trop élevé pour être maintenu.

— Mademoiselle Prancer, dit la Magistrat Stormwind, sa voix portant depuis la plateforme flottante du Conseil, vous avez fait preuve d'une grâce exceptionnelle sous la pression et d'une sagesse dépassant votre âge. Le Conseil de l'Équilibre Saisonnier reconnaît formellement votre partenariat avec le Prince Elian et s'engage à veiller à ce que le développement de la magie collaborative reçoive le soutien et la supervision nécessaires à son succès.

Alors que les reconnaissances formelles se concluaient et que la soirée commençait à toucher à sa fin, je ressentis quelque chose que je n'avais pas connu depuis l'enfance : une victoire politique totale obtenue par l'authenticité plutôt que par la manipulation.

— Comment te sens-tu ? demandai-je à Fiona alors que nous nous préparions à partir.

— Comme si nous venions de gagner une guerre sans avoir à livrer de bataille, répondit-elle, et à travers notre lien, je sentis son sentiment de triomphe partagé. — Comme si nous avions prouvé qu'être authentiques et engagés était plus fort que n'importe quelle manœuvre politique qu'ils pouvaient tenter.

— Le vrai travail commence maintenant, dis-je, bien que je souriais avec la satisfaction de quelqu'un qui venait de prouver que la vision de son père était non seulement possible, mais inévitable. — Construire l'initiative de recherche, travailler avec les Cours, prouver que ce que nous avons commencé peut profiter à tout le monde plutôt que de menacer les structures de pouvoir établies.

Alors que le Bal d'Hiver se terminait et que les invités commençaient à partir, beaucoup s'arrêtèrent pour nous offrir leurs félicitations personnelles et exprimer leur intérêt pour notre futur travail. Le jeune représentant de la Cour du Printemps qui avait été affecté par notre réseau magique pendant les épreuves s'approcha avec une nervosité évidente mais un enthousiasme sincère.

— Votre Altesse, Mademoiselle Prancer, dit-il formellement, je voulais vous remercier pour ce que vous avez partagé avec nous pendant les épreuves. L'expérience de la magie collaborative authentique... ça a changé ma façon de voir les choses.

— C'est exactement ce que nous espérions, répondit chaleureusement Fiona. — Le changement commence par la compréhension individuelle, puis se développe en une transformation collective.

— Nous accepterons tous ceux qui s'engagent à apprendre et à grandir, ajoutai-je lorsqu'il posa une question sur l'initiative de recherche. — La collaboration fonctionne mieux lorsqu'elle inclut des perspectives diverses et des idées nouvelles.

*La prochaine génération,* pensai-je en voyant son visage s'illuminer d'espoir. *Ils auront des opportunités que mon père n'aurait jamais pu imaginer.*

Alors que nous traversions enfin le campus, l'air hivernal vif de promesses et l'aurore boréale dansant au-dessus de nos têtes en guise de célébration, je ressentis un profond sentiment d'accomplissement mêlé d'anticipation.

Nous avions fait plus que survivre à la pression politique — nous l'avions transformée en un élan de changement. Nous avions prouvé que notre partenariat pouvait non seulement supporter l'examen, mais aussi inspirer les autres à croire en la magie collaborative.

— Merci, dit Fiona alors que nous nous arrêtions devant le Pavillon des Métamorphes.

— Pourquoi ?

— De m'avoir choisie. De m'avoir fait confiance avec ta véritable identité, ton avenir politique, ta destinée magique, dit-elle en prenant mes mains. — D'avoir prouvé que l'amour et la magie peuvent œuvrer ensemble pour créer quelque chose d'extraordinaire.

— Merci à toi, répondis-je, d'avoir vu qui je pouvais devenir alors que j'avais encore peur de le voir moi-même. D'avoir choisi de te battre pour ce partenariat quand il aurait été plus sûr de t'en aller. De m'avoir montré que la collaboration n'est pas une faiblesse — c'est la plus puissante de toutes les magies.

Quand je l'embrassai, l'aurore au-dessus de nous s'intensifia, et j'aurais juré entendre le son lointain de cloches sonnant en célébration — non seulement de notre bonheur personnel, mais de la transformation que nous représentions pour la société magique elle-même.

Demain apporterait de nouveaux défis alors que nous construirions l'initiative de recherche, travaillerions avec les représentants des Cours et prouverions que la magie collaborative pouvait profiter à tous plutôt que de menacer les structures de pouvoir établies. Mais ce soir, entouré de preuves du chemin parcouru et des promesses de ce que nous pouvions accomplir, je ne ressentais rien d'autre que de l'espoir.

Nous étions exactement ce que nous étions destinés à devenir depuis le moment où nos noms étaient apparus ensemble sur ce tableau de cristal : des partenaires, des égaux, et le début de quelque chose qui pourrait transformer la société magique pour le mieux.

En regardant Fiona, sentant la certitude absolue de notre lien et le soutien des institutions qui avaient reconnu notre valeur, je savais que nous étions prêts pour tout ce qui allait suivre.

Après tout, nous avions déjà prouvé que les choses dangereuses pouvaient aussi être magnifiques.

# Épilogue : Les Procès Des Quatre Cours

❦

*Quatre mois plus tard — Fin du semestre de printemps*

Le Grand Amphithéâtre des Quatre Cours avait été taillé dans un unique et immense glacier qui parvenait à être à la fois ancien et éternel. Des représentants de l'Hiver, du Printemps, de l'Été et de l'Automne occupaient des loges de cristal qui flottaient à différentes hauteurs autour de l'arène centrale, leurs robes de cérémonie créant un arc-en-ciel d'autorité saisonnière.

Je me tenais au centre de l'arène avec Elian, nos mains jointes non seulement pour nous soutenir moralement, mais aussi parce que notre magie était devenue si entremêlée au fil des mois que la séparation nous paraissait physiquement inconfortable. Le public ne comprenait pas seulement des dignitaires des cours, mais aussi des professeurs de l'université, des membres de nos familles et ce qui semblait être la moitié de l'establishment politique du monde magique.

*Aucune pression, bien sûr.*

— Les procès se composeront de trois phases, a annoncé la magistrate Stormwind, sa voix portant sans effort à travers le vaste espace bien qu'elle parlât sans amplification magique. Les quatre cours évalueront chacune d'entre elles selon des critères de compétence technique, d'application innovante, de sagesse politique et de stabilité du partenariat.

À côté de moi, les yeux bleu glacier d'Elian affichaient une confiance inébranlable malgré l'ampleur de ce à quoi nous faisions face. Les derniers mois nous avaient mis à l'épreuve d'une manière que je n'aurais jamais imaginée — pas seulement sur le plan magique, mais aussi politique, émotionnel et personnel. Les dignitaires des cours avaient observé chacune de nos sessions d'entraînement. La pression politique s'était intensifiée de la part de factions qui voyaient notre partenariat soit comme un atout précieux, soit comme une menace existentielle.

Mais nous avions tout surmonté. Plus que surmonté — nous en étions ressortis plus forts.

— Mademoiselle Prancer, a appelé la magistrate Stormwind. Vous commencerez.

Je me suis avancée sur la plateforme surélevée, extrêmement consciente des centaines de regards qui étudiaient chacun de mes mouvements.

*Aucune pression.*

J'ai fermé les yeux et j'ai puisé dans ma magie, mais au lieu de la chaleur dorée familière, j'ai trouvé quelque chose de plus profond. L'entraînement intensif des derniers mois m'avait changée, m'avait connectée à un pouvoir qui semblait à la fois ancien et parfaitement juste.

Quand j'ai rouvert les yeux, la lumière tourbillonnait autour de moi en des motifs qui racontaient l'histoire de tout ce que nous avions découvert ensemble. Pas seulement des techniques de magie, mais la vérité plus profonde que la force individuelle se démultiplie de manière exponentielle lorsqu'elle est partagée avec le bon partenaire.

La lumière dorée a tissé dans les airs, au-dessus de l'arène, des visions de ce que la magie collaborative pouvait accomplir. Des partenariats qui franchissaient les barrières entre les espèces, une magie qui guérissait au lieu de blesser, un avenir où la coopération remplaçait la compétition comme force motrice de la société magique.

Quand la magie s'est enfin apaisée, l'amphithéâtre était silencieux, à l'exception du son étouffé de quelqu'un qui pleurait dans la section de la Cour d'Automne. Puis, lentement, des applaudissements ont commencé — pas la reconnaissance polie à laquelle je m'attendais, mais une appréciation sincère pour quelque chose qui les avait émus.

— Prince Elian, a appelé la magistrate Stormwind.

Elian s'est avancé, et immédiatement, la température dans l'arène a chuté. Mais ce n'était pas seulement une démonstration de puissance brute — c'était de l'art, de la précision et de l'espoir sous forme cristalline.

La glace a jailli de la plateforme en des tours torsadées qui captaient et reflétaient la lumière des aurores boréales dansant au-dessus de nos têtes. Mais entrelacés dans chaque structure se trouvaient des motifs qui correspondaient au rythme de ma signature magique, prouvant que même dans une performance individuelle, il comprenait que la véritable force venait de la connexion plutôt que de l'isolement.

Au moment où il a terminé, l'arène s'était transformée en une cathédrale d'hiver si magnifique que plusieurs membres du public la contemplaient avec un émerveillement non dissimulé.

— Phase deux, a annoncé la magistrate Stormwind. Création collaborative.

C'était pour cela que nous nous étions entraînés — la chance de montrer ce que nous pouvions accomplir lorsque notre magie s'unissait sans réserve ni peur.

Je me suis placée aux côtés d'Elian, et au moment où nos mains se sont touchées, la chaleur dorée a rencontré la précision cristalline en parfaite harmonie. Ce que nous avons construit ensemble défiait toutes les règles de théorie magique que j'avais jamais apprises.

La lumière et la glace se sont entrelacées pour former quelque chose qui semblait vivant, répondant non seulement à notre direction consciente, mais aussi aux vérités plus profondes qui coulaient à travers notre lien. La construction a grandi et évolué, montrant des scènes de partenariats magiques qui pourraient remodeler la société, des techniques qui nécessitaient plusieurs types de pouvoir pour atteindre leur plein potentiel, et une vision de ce que le monde pourrait devenir si les barrières artificielles étaient dissoutes en faveur d'une collaboration authentique.

Au moment où nous avons terminé, l'arène entière était remplie de lumière et de glace en parfait équilibre, créant un environnement si harmonieux que l'air même semblait chanter.

Cette fois, les applaudissements ont été tonitruants, mais je les ai à peine entendus. J'étais perdue dans la rémanence de notre magie, dans la justesse absolue de ce que nous avions créé ensemble.

— Phase trois, a annoncé la magistrate Stormwind, et son ton était empreint d'une nouvelle gravité. Réponse à la crise.

La magnifique structure que nous avions créée s'est dissoute, remplacée par quelque chose qui m'a glacé le sang. Le sol de l'arène s'est ouvert pour révéler une simulation de catastrophe magique — une énergie chaotique qui menaçait de tout consumer sur son passage, des constructions civiles piégées au centre du maelström.

— Tout comme lors du dernier procès, une catastrophe magique s'est produite pendant un rassemblement diplomatique, a expliqué la magistrate. Sauvez les civils, contenez l'énergie chaotique et empêchez la catastrophe de se propager au-delà de cette arène. Un échec entraînera une disqualification immédiate.

*Disqualification immédiate.* Après tout ce que nous avions traversé, tout ce que nous avions prouvé, tout pouvait se terminer ici si nous n'étions pas capables de relever ce dernier défi.

— Prête ? a demandé Elian, la glace commençant déjà à tourbillonner autour de ses mains.

— Prête, ai-je répondu, un feu doré dansant autour de mes doigts.

Ce qui a suivi a été la collaboration magique la plus intense de ma vie. L'énergie chaotique a lutté contre nos tentatives de la contenir, essayant activement de perturber notre partenariat et de nous séparer. Mais chaque mois d'entraînement, chaque défi que nous avions affronté, chaque moment de confiance que nous avions bâti se sont unis en une synchronisation parfaite.

Là où j'apportais la flexibilité et l'adaptabilité, Elian ancrait nos efforts avec précision et structure. Là où son éducation royale nous donnait une pensée stratégique, mes instincts de métamorphe nous guidaient vers des solutions que la logique pure ne pouvait atteindre. Nous n'étions pas seulement deux personnes travaillant ensemble — nous étions une seule entité magique avec une capacité double de celle de chaque individu.

Au moment où nous avons secouru la dernière construction civile et scellé l'énergie chaotique dans un confinement stable, l'arène s'était une fois de plus transformée. Cette fois, au lieu de l'art, nous avions créé quelque chose de plus précieux : la preuve que la magie collaborative pouvait gérer n'importe quelle crise, résoudre n'importe quel problème, protéger quiconque ayant besoin de protection.

Alors que l'arène revenait à la normale et que l'équipement de surveillance s'éteignait, j'ai ressenti un profond sentiment d'accomplissement. Quelle que soit la décision des cours, nous avions prouvé sans l'ombre d'un doute que notre partenariat n'était pas seulement viable, mais révolutionnaire.

— Les procès sont terminés, a annoncé la magistrate Stormwind. Le comité d'évaluation va maintenant délibérer.

Une heure plus tard, nous nous tenions devant les représentants des quatre cours pour entendre notre sort.

— Mademoiselle Prancer, Prince Elian, a commencé la magistrate Stormwind, les plus hautes autorités magiques ont évalué votre performance d'aujourd'hui dans ce royaume. La décision du comité est unanime.

Mon cœur martelait mes côtes tandis que j'attendais les mots qui allaient soit valider tout ce que nous avions construit, soit le détruire entièrement.

— Votre partenariat a démontré non seulement une capacité magique exceptionnelle, mais aussi le potentiel de faire avancer la théorie de la magie collaborative de plusieurs décennies. Les Quatre Cours reconnaissent formellement votre lien et s'engagent à soutenir son développement continu.

Le soulagement m'a envahie si intensément que j'ai failli m'effondrer. Nous l'avions fait. Nous avions prouvé que l'amour et la magie pouvaient œuvrer de concert pour créer quelque chose d'extraordinaire.

— De plus, a-t-elle poursuivi, une dérogation spéciale vous est accordée par la présente pour établir le premier Programme de Recherche en Magie Collaborative Inter-Cours, qui sera hébergé à l'Université du Pôle Nord sous la supervision conjointe de toutes les cours saisonnières.

*Un programme de recherche.* Notre propre programme de recherche, où nous pourrions explorer la théorie de la magie collaborative sans ingérence politique ni limitations académiques.

— Cependant, a-t-elle ajouté, et mon soulagement s'est cristallisé en prudence, cette reconnaissance s'accompagne d'une responsabilité importante. Votre partenariat sera étroitement surveillé, vos recherches auront des implications politiques, et vos choix affecteront la société magique pour les générations à venir.

— Nous comprenons, a dit Elian, sa voix portant l'autorité avec laquelle il était né pour régner. Et nous acceptons cette responsabilité.

En regardant les représentants des quatre cours, en voyant l'approbation là où il y avait autrefois de la suspicion, j'ai senti quelque chose s'installer dans ma poitrine que je n'avais jamais ressenti auparavant : une certitude. Pas seulement à propos de notre partenariat, mais à propos de notre but.

Nous n'étions plus de simples étudiants. Nous n'étions plus seulement un couple naviguant dans les complications de la politique magique. Nous étions des pionniers, prouvant que la magie collaborative pouvait créer un avenir meilleur pour tout le monde.

Alors que nous quittions l'amphithéâtre main dans la main, l'énergie magique vibrant encore entre nous en parfaite harmonie, j'ai aperçu Connor et Kayla dans le public. Connor m'a fait un pouce levé et un sourire qui disait qu'il avait toujours su que nous réussirions. Kayla m'a envoyé un baiser et a articulé silencieusement : « Tellement fière de toi. »

Nous avons traversé le campus de l'Université du Pôle Nord tandis que les aurores boréales dansaient au-dessus de nos têtes en guise de célébration. J'étais simplement Fiona Prancer, chercheuse en magie, partenaire d'un prince, et la personne la plus heureuse du monde magique.

— Alors, a dit Elian alors que nous atteignions les marches du Shifter Lodge, où Brynn et Marcus nous attendaient avec du champagne et des félicitations, tu te sens prête pour la suite ?

Je l'ai regardé — ne voyant pas un prince caché ou une complication politique, mais simplement la personne que j'avais choisie d'aimer et avec qui j'avais choisi de construire un avenir. La personne qui avait prouvé que certains partenariats valaient la peine de prendre tous les risques pour être préservés.

— Avec toi comme partenaire ? ai-je souri, notre vieil échange prenant un nouveau sens maintenant que nous avions officiellement conquis le monde magique ensemble. Je crois que nous pouvons tout changer.

— Bien, a-t-il répondu en me rapprochant de lui, alors que nos amis nous entouraient de leurs célébrations et que notre magie peignait des motifs d'aurores boréales dans le ciel du soir. Parce que tout changer, c'est exactement ce que nous allons faire.

Les procès étaient terminés. Notre véritable travail ne faisait que commencer.

Et j'avais hâte de m'y mettre.

Fin.

Avez-vous aimé *Givre de Noël* ?

N'hésitez pas à laisser un avis sur Goodreads ou votre plateforme préférée. Les avis m'aident à atteindre de nouveaux lecteurs.

Lisez **Solstice de Nöel**, le prochain livre de la série ***Université du Pôle Nord***.

Avez-vous lu ***Le Gardien du Serment*** ?

Cette histoire GRATUITE de l'Université du Pôle Nord se déroule entre Métamorphes de Noël et Gel de Noël

# À propos de l'auteure

**Des histoires positives et inspirantes.**

Marie-Hélène vit à Sherbrooke, au Québec. Enseignante à la retraite, elle consacre désormais ses journées à l'écriture et à la promotion de ses oeuvres. Elle aime lire, voyager et aller à la plage. Chaque année, elle part un mois en solo vers une nouvelle partie du monde.
www.mhlebeault.com

Suivez-la sur les réseaux sociaux !

facebook.com/mhlebeaultauthor

x.com/mhlebeault

instagram.com/mhlebeault

amazon.com/author/mhlebeault

bookbub.com/authors/marie-helene-lebeault

goodreads.com/mhlebeault

linkedin.com/in/mhlebeault

tiktok.com/@mhlebeaultauthor

# Autres livres de l'auteure

**La série Evers - Littérature jeunesse fantastique**

La clé des ancêtres

L'académie

La marcheuse du temps

Le voyageur des mondes

**Magie de sang - Littérature jeunesse fantastique**

Mage de sang

Magie de sang

Héritage de sang

**Il était une malédiction - Romance fantastique**

Une malédiction de neige et de cendres

Une malédiction d'épines et de torpeur

Une malédiction de verre et d'ombres

Une malédiction d'argent et de blessures

**Université du Pôle Nord - Romance paranormale**

Métamorphes de Noël

Le gardien du serment (GRATIS)

Givre de Noël

Solstice de Noël

Malédiction de Noël

Étincelle de Noël

Félicité Conjugale

Inadaptés du gui

**Hors série**

Les douze vies de Clare - Réalisme magique

Utopie - Science fiction

Chroniques des cadets interstellaires - Science fiction

**Défenseurs du Royaume**

Le combat de la flamme sacrée (Gratuit)

**Fée grand-mère - Albums jeunesse pour les 3 à 7 ans**

Mimi visite l'Antarctique

Mimi visite le Pôle Nord

Mimi visite la Chine

Mimi visite l'Afrique

www.ingramcontent.com/pod-product-compliance
Lightning Source LLC
Chambersburg PA
CBHW020319260626
47156CB00004B/1292